ジェフリーの首にしがみついて引き寄せ、キスをする。舌を絡ませながら奥を突かれると、脳が痺れるほど感じた。

（本文より抜粋）

DARIA BUNKO

王弟殿下の甘い執心

名倉和希

ILLUSTRATION 蓮川 愛

ILLUSTRATION
蓮川 愛

CONTENTS

王弟殿下の甘い執心

分厚い強化ガラスの向こうで、大きな夕日が海に沈もうとしている。

赤々と燃える太陽が、まるで溶けこむように輪郭を滲ませ、金色の海と一体化していく。

ジェフリーはソファに深く座ってそれを眺めていた。

もう何度こうしてこの屋敷から夕日を見ただろうか。幾度見ても飽きないし、美しいと思う。

太陽が完全に沈んでしまうまで、ジェフリーは微動だにせず座っていた。

ふと背後に人の気配がした。夜の訪れとともに大きな窓は室内をうつす鏡のようになっている。ソファの後ろによく見知った男が立っていた。

「ジェフ、ヘリの用意が整った。そろそろ空港に移動しよう」

母方の従兄であり秘書でもあるロバートは、そう声をかけてきた。

「もうそんな時間か」

「そんな時間だ。これでも夕日が沈むまで待ったんだぞ」

苦笑いするロバートの表情までも窓にうつっている。茶褐色の柔らかそうな髪と瞳、目尻が下がった柔和な顔立ちのロバートと、眉と目尻がやや上がっているうえに黒々とした癖のある髪が野性味を感じさせるジェフリーは似ていない。

一見では血縁を感じさせない二人ではあったが、母親同士が姉妹で仲が良かったため、子供のころから交流があった。ジェフリーにとっては、信用できる数少ない人間で、とても貴重な存在だ。

ロバートがジェフリーの要請を受けて秘書になってくれたときは、これで安心して背後を任せられる、と安堵(あんど)したものだ。

「もう時間なんだ。行こう」

「パイロットくらい待たせてもいいだろう」

「いくらプライベートジェットでも、空港の都合というものがある。順番に飛び立たないと、滑走路が何十本もあるわけじゃないんだから。それに時間通りに飛び立たないと、おまえの身になにかあったんじゃないかと勘ぐられる」

「なにかってなんだ。また保守過激派が不穏な動きをしているのか」

「今朝、それらしい報告が上がってきた」

ジェフリーはうんざりとした顔でため息をつく。このままソファと一体化してしまいたくなった。

「私はなにもしていないのに、どうして国王に楯突(たてつ)くと思われているんだ？　奴らの妄想力は相当だぞ」

「なにもしていないからこそ、よからぬことを考えているんじゃないかと思われるんだろ」

いくら冷遇されているからといって国家転覆を謀(はか)ろうなどと、一度も考えたことはない。

青い目をした、半分異国の血を持つ王弟――存在そのものが不穏で信用できないと思う人間もいるのだ。

　ジェフリーは数年前から親国王派の過激なグループから命を狙(ねら)われているらしい。ジェフリーがそうしたテログループに害されることは、さすがに王族たちは望んでおらず、国からの予算が増額されてボディガードが増やされた。どこへ行くにも屈強な男たちがついてくるので、ジェフリーはいささかうんざりしている。

「ほら、立てよ」

　ロバートに腕を引かれて、ジェフリーは渋々ながらソファを立った。

「今回はどこへ行くんだ？」

「おいおい、一ヶ月分のスケジュールを三日前に渡したばかりだろう。ちゃんと目を通しておいてくれよ」

「お飾りの社長だからな。国王と官僚の言いなりになるしかない。私があれこれとスケジュールに口を出すことは許されていない。見ても仕方がないだろう」

「それでも行き先くらいは把握しておいてくれ。今回は日本(ジャパン)だ」

「日本か。たしか去年一度行ったな。どういった国だったのかぜんぜん覚えていないが」

「それは仕方がない。滞在期間が短かったし、僕たちが到着した直後にハリケーンが来襲して、通り過ぎてすぐに帰国したからな。ほぼホテルだった」

「ああ、そういえば、そんなことがあったな。観光もできず、することがなくてホテルのプールでずっと泳いでいた。まさか今回もハリケーンの時期か？」

「いや、雨期に入る直前だ」

「雨期？　……響きからして嫌な雰囲気だな」

「でも行くぞ。おまえはこの国の稼ぎ頭である石油会社のＣＥＯ（最高経営責任者）なんだからな。日本は大切な貿易相手だ。今回は財界のパーティが予定されている。欠席するわけにはいかない」

「私でなくともできる仕事だ」

「そうかもしれないが、王は末の弟であるおまえをＣＥＯに指名した。期待に応（こた）えよう」

　ロバートの言い方は優しすぎて、父の跡を継いで王となった長兄に、まるで将来の成長を期待されているような気になってしまいそうだ。けっしてそんなことはないのに。

　名残惜（なごりお）しげに窓を振り返っていると、ロバートが「地中海に沈む夕日を君に見せたい、だったか？」と言った。

「いきなりなんだ？」

「イドリーズ王が、ジェニファーを口説くときにそう言ったんだろう」

「そうだ。正確には、地中海に沈む美しい夕日を、私が治める王国から君に見せたい、だ」

「ずいぶんロマンチックだ。僕だったら恥（は）ずかしくて絶対にそんなセリフは吐けないね」

「私だって言えない。だが父はそう母を口説き、それが決め手になった——らしい」

　ロバートが肩を竦（すく）めて「らしいね」とだけ頷（うなず）く。

　前王だった父イドリーズは、もう十五年も前に亡くなっている。第三妃だった母ジェニファーは英国生まれの英国育ち。父が亡くなったとき、母は地中海に面した中央アジアの小国に嫁いで二十年以上がたっていたが、愛する夫がいなくなった異国にとどまるのは辛く寂しく、数年後、故郷に帰ってしまった。

現在はロンドン郊外でロバートの母と二人でのんびり暮らしている。

父が母のために建てたこの屋敷は、いまはジェフリーが別荘としてときおり使っていた。地中海が望める小高い丘の上に建つ屋敷に来ると、子供時代の穏やかな日々が思い出されて心が慰められる。

「日本での滞在予定は何日間だ？」

「十日間。あくまでも予定だが」

「そのあいだ、ここにも来られないということか」

完全に日が暮れて夜の帳が下りてきた眼下の街には、無数の明かりが目立ちはじめている。海沿いに広がっているのは高級リゾートホテルやヴィラだ。国内外の富裕層がこぞって訪れるリゾート地として発展してきたのは、ここ二十年ほど。この屋敷が建設された当時には、まだ静かな砂浜が広がる田舎の村だった。両親と手を繋いで砂浜を散歩した記憶がある。

「おまえにもいつか、ここからの夕日を見せたいと言える相手が現れるといいな」

楽天的なロバートのセリフに、ジェフリーは「そんな相手はできないね」と笑い飛ばした。

ジェフリーには、いままで真剣に交際した相手がいない。そのうち兄が王家にとって都合のいい娘を見繕ってくるだろう、と思いこんで一時的な快楽にだけ忠実だったからだ。

しかしジェフリーはもう三十六歳になった。どうやら兄たちは未婚のまま飼い殺しにするつもりらしい。下手に子供ができても面倒だと考えているのかもしれない。とくに子供がほしいと思っていないので、そのあたりのことはべつに構わないが。

真実の愛とはなんだろう。父は母を愛したが、ほかにも妻がいて、何人も子供を持った。母はいまだに父を愛しているけれど、まだ六十代。もう忘れてボーイフレンドを作った方がいいと思う。愛に囚われすぎて、寂しさが増しているのではないかと心配になる。

二人は連れだって屋上への階段を上った。屋上のヘリポートには、いつでも飛び立てる状態のヘリコプターが待機していた。プロペラが猛烈な風を起こしている。ボディガードたちに囲まれながら近づき、ジェフリーとロバートは乗りこんだ。

飛び立つ前、もう一度、西の方角を見遣る。地中海は夜空とおなじ色になっていた。

◇

姿見に全身をうつし、片山春輝はこっそりとため息をついた。

二十四歳になるサラリーマンとは思えない姿がそこにある。春から夏にかけての花々が艶やかに描かれた振袖、それを引き立てるための控えめな銀色の帯と、鮮やかなコーラルピンクの帯締め。帯揚げはそれよりすこし薄い色のピンク色だ。すべて女物。

　髪はいきなり伸ばせないのでウイッグを被っている。ボブスタイルのウイッグは、やや童顔めいた目鼻立ちとあいまって春輝を十代の可憐な少女に見せていた。

　ただ百七十センチある身長だけは誤魔化しようがなく、まわりで支度をしている女性の奏者たちより十から十五センチほどは高かった。仕方がない。

「春輝君、準備はできた？　あらまあ、やっぱり振袖が似合うわね」

　伯母の結子に笑いながら肩を叩かれて、春輝は苦笑いした。あまり嬉しくない。振袖が似合うと言われて喜ぶ男は、そういう趣味がある人たちだけだろう。あいにくと春輝は好きでしているわけではない。異母兄に命令されて、仕方なくやっているに過ぎなかった。

　結子は春輝のすべての事情を知っているうえに、この茶番に一枚噛んでいる。笑顔の裏にすべての感情を押しこんで、元気づけるように春輝の帯をちょいちょいと直してくれ、最後にポンと帯の上から腹を叩いてきた。

「春輝君だけリハーサルなしのぶっつけ本番だけど、大丈夫よね？　演目は前にやったことがあるものばかりを選んだし」

「そうですね、たぶん大丈夫です。一応、おさらいしてきました。もっと練習する時間があればよかったんですけど」

「仕方がないわ。会社勤めしているんだから。サラリーマン生活は順調そうね」

「まああです。一人暮らしにやっと慣れてきました」

「よかったわ。ねえ、時間と気持ちに余裕ができてきたなら、たまには週末にお稽古場に顔を出してくれない？　生徒さんたちに、ちょっとでもいいから指導してほしいの。みんな喜ぶと思うわ。春輝君は人気があるから。私、本当はあなたに片山流を——」

「伯母さん」

「……ごめんなさい」

　言いかけた言葉を伯母は飲みこんだ。控え室として与えられた部屋には、全部で十名ほどの人間がいる。春輝以外の奏者は四名、結子を含む片山流の関係者が五名。だれに聞かれるかわからない。

　伯母が口にしなかった言葉を、春輝はわかっていた。本当は春輝に片山流を継いでほしかった——そう言いたかったのだ。伯母の結子は箏(こと)の片山流三代目家元だ。四代目は結子の一番弟子の女性と決まっている。彼女はあるていどの実力があるし流派内の人望もある。なにより長年、片山流に貢献してきてくれた人物なので、だれもが納得していた。

　しかし、結子の甥である春輝の方が、腕は上だった。春輝の母は結子の妹、糸子(いとこ)。糸子自身も優れた奏者で、春輝は幼児期から箏の英才教育を受けてきた。小学校高学年になるころには演奏会に招かれ、一時期は美少年奏者ともてはやされたこともあった。

　結子や姉弟子たちからも可愛がられ、流派内での地位は確立しつつあった。このままいけば四代目か。流派内のだれもが、そう思っていただろう。春輝も伯母や母のように、箏に一生を捧げるのも悪くないか、と考えはじめていた。

しかし、十年前、実父が亡くなったときにその未来はないと思い知った。異母兄たちが許さなかったからだ。

「さあ、そろそろ時間よ。みんな支度はできた？」

結子の声かけに、振袖姿の奏者たちが「はーい」と明るい返事をする。ホテルの従業員に促され、パーティ会場へと館内を移動した。

開かれた扉の向こうは、スーツ姿の男たちばかりだった。年配者が多く、ダミ声で歓談している。春輝たちが一列になって静々と入場していくと、「おおっ」と歓迎の声がそこかしこで上がった。この会場のどこかに異母兄たちはいるだろう。ぐるりと見渡して探すつもりはない。

一段高くした演壇には金屏風(きんびょうぶ)が置かれ、その上には『未来のエネルギーのための懇親会』と書かれている。つまり政財界のお偉方が親交を深めるための集まりだ。

緋毛氈(ひもうせん)が敷かれた舞台には、すでに箏が配置されていた。そこに奏者たちがスタンバイしていく。春輝は最前列の真ん中だ。周囲の視線が痛かった。最前列にいる春輝が女装した男で、素性にいわくがあることを出席者たちの大半は知っているだろう。

実際、演奏への期待をこめた拍手に交じって、「へぇ、あの子がそうなのか？」「男に見えないな」「女装が趣味なのか？」「ずいぶんな扱いをされているもんだ」といった声がそこかしこから聞こえてくる。

春輝はぐっとこらえて、指に演奏用の爪をつけた。

なにを言われようとも我慢して、ここに出てくるしかないのだ。片山流を潰すわけにはいかない。異母兄たちを怒らせたら、支援が打ち切られるどころか、きっと片山流などあっさりと消されてしまう。子供のころから可愛がってくれた伯母と姉弟子たち、そして世間知らずのまま五十歳になった母のために、春輝はここにいる。

「本日はお招きありがとうございます。わたくしどもは片山流と申しまして――」

伯母の挨拶がはじまる。春輝はしばし目を閉じて精神統一を試みた。せめてきちんと演奏したい。見世物にされているとしても、みっともない演奏だけはしたくなかった。

母の糸子は、二十代半ばのとき未婚のまま春輝を産んだ。相手は大企業の社長で、すでに還暦を過ぎている男だった。もちろん妻子がいた。

東大路和貴というその男は、財界の付き合いで出席した和楽器の演奏会で息子よりも年若い糸子を見初め、老いらくの恋に燃え上がったのだ。

糸子は子供のころから箏の練習に励み、ろくな恋愛経験も社会経験もなく、世間知らずだった。和貴の「家庭は冷め切っている。君だけが私の安らぎだ」という口説きを、これが真実の愛だと信じた。

　春輝が生まれたとき、和貴の妻は激怒したという。火遊びなら許しても、子供まで産ませたとあっては黙っていられない。しかも和貴は春輝を認知した。壮絶な夫婦ゲンカが起こったそうだが、離婚には至らなかった。離婚したら若い愛人に負けると思ったのかもしれない。

　和貴は暇さえあれば糸子のために用意したマンションに通い、春輝と父子の時間を持った。そのころは平和で幸せだった。十年前に八十歳で他界するまで、春輝には優しい父だった。葬儀は盛大に執り行われた。春輝たちの参列は許されたが、末席だった。そこではじめて会った本妻の怒りに歪んだ顔は、いまでも忘れられない。

　本妻は怒り狂っていたが、華族の流れをくむという血筋ゆえに、あからさまに取り乱すことはプライドが許さなかったのかもしれない。遺産は遺言書通りに配分され、住んでいたマンションはそのまま糸子のものとなった。春輝には会社の株がわずかに譲渡された。

　わずかとはいえ、和貴の会社はグローバル企業であり、日本という国を支えるエネルギー事業に携わっていた。世界中から化石燃料を輸入し、再生可能エネルギーへの設備投資も政府と手を組んで進めているような企業だ。おそらく潰れることはないだろうし、母子二人なら働かなくとも食べていけるていどの収入になる。

　しかし春輝の肩には、片山流もずっしりとのし掛かっていた。片山流は財政事情が悪くなってきていた。お座敷での宴会が減り、芸者も減った。良家の娘が手習いとして箏に触ることもなくなった。お稽古事での収入が大きかったため、片山流は先細り感が否めなくなった。

和貴が生きていたころは、財界のパーティやちょっとした宴会に優先的に営業を回してもらえ、さらに演奏料に謝礼を上乗せして片山流を支援してくれていたが、死後はそれがあてにできなくなった。代わりに春輝が積極的にマスコミに働きかけて顔を売ろうとしたら、異母兄たちからクレームが入った。

「東大路グループの直系男子が、だれが見ているかわからないようなテレビ番組でタレントの真似をするとは何事だ。恥ずかしい」

テレビでの露出は禁止された。その代わりに長兄の和雄が、片山流の支援を引き継ぐと明言した。ただし条件があった。いついかなるときも春輝は異母兄たちの出演要請に従わなければならない――と。

異母兄たちは春輝母子を嫌っている。当然だ。偉大な父親の晩年を汚し、本妻に多大なストレスを与えた。春輝に女装させて見世物にすることで溜飲を下げたくなっても仕方がない。さすがにお座敷に呼ばれて、振袖姿で大臣に酌をしろと命じられたときは切れそうになった。けれど春輝が我慢すれば、とりあえず片山流は現状維持ができるのだ。すべてを飲みこんで、おとなしく酌をした。

もともと春輝は気が強い。容姿は母にそっくりでも、性格は伯母に似たのかもしれない。負けてたまるか、という意地のようなものも働いて、春輝はなんとか耐えている。

いったいいつまでこんなことが続くのか、と虚しくなるときもあった。けれどそんなことは考えても仕方がない。異母兄たちが飽きるまでだ。

演奏をやりきって、春輝たちは満場の拍手を浴びながら会場をあとにした。

出演要請の理由はなんであれ、大勢の観客の前で演奏できる機会は多くない。奏者たちはみんな晴れやかな表情になり、つかの間の達成感に口元を綻ばせていた。

「さあ、急いで、でも慌てないで、後片付けして撤収しますよ」

結子の声かけに、奏者たちがまた「はーい」と明るく返事をした。彼女たちは着物姿でホテルまで来ていたので、このまま帰る。春輝だけ着替えと休憩用に部屋を取っていた。

ホテルの従業員とこちらの職員が会場から素早く回収してきた箏を、みんなで手分けして専用のケースに仕舞っていく。箏という楽器は女性が一人でも楽々と持ち上げられるほどに軽い。中が空洞だからだ。それをホテルの裏口に横付けしたワゴン車に積むところまで、春輝は手伝った。

外は日暮れ時になっていた。湿度が高く、東の空にどんよりとした雲が出てきている。梅雨入りが近いのだろう。

「春輝君、今日はありがとう。素晴らしい演奏だったわ」

結子に軽くハグされて、春輝はやっと笑顔を浮かべることができた。練習不足は否めなかったがミスなく弾けたことは満足している。家元の伯母にそう言ってもらえてホッとした。

「じゃあ、またね」

手を振り合って別れ、取ってある部屋に行く前に一服していきたくなり、喫煙可の場所を探した。中庭なら吸えそうだなと、足を向ける。

春輝は愛煙家だ。ヘビースモーカーというほどには吸わないが、二日で一箱くらいは消費している。いまどきのホテルは喫煙室の方が少ないうえに土曜日だからか、空いている部屋は禁煙室だけだったのだ。

「春輝、ここにいたのか」

顔を合わせたくない人物に声をかけられた。ため息をつきながら振り返ると、恰幅のいい体に仕立てのいいスーツをまとった壮年の男が立っていた。長兄の和雄だ。今年六十歳になった和雄は、和貴に似て頭髪が薄かった。

「なかなかいい演奏だったぞ」

「ありがとうございます」

春輝はまだ振袖姿のままだ。そっと頭を下げる。ホテルの従業員や宿泊客などの人目がある場所で、あまり男っぽいしぐさはよくないだろうと、楚々とした所作を心がけた。

「本当にこうして見ると本物の女みたいだな。どうだ、今夜、別の宴席がある。また酌をしてくれんか？」

勘弁してほしい。ここで反射的に「嫌だ」とはねつけようものなら、和雄は激高してなにがなんでも従わせようとする。この十年で、春輝は兄たちへの対応を学んでいた。

冷静に「すみません。今日の反省会をしたくて、伯母たちと稽古の約束をしてしまいました」と嘘を告げた。ここで和雄がわずかでも不機嫌になるようなら、従わなければならないけれど。

「そうか。それならまたの機会に頼む」

どうやら今日は機嫌がいいようだ。あっさりと断りの言葉を受け入れてくれた。

「社長、そろそろ……」

そばに控えていた秘書に声をかけられ、和雄は頷いた。「じゃあな。また連絡する」と言い置いて去っていく。変な頼み事をされなくてよかったと安堵したところに、今度は次兄がやってきて思わずうんざりとした顔になってしまった。

「なんだ、その顔は。そんなに俺が嫌いか」

貴司がそんな軽口を叩きながら近づいてきた。和雄よりもオシャレなスーツを着ている。それほど腹も出ておらず、身だしなみに気を遣っているのがわかる。いかにも艶福家といった顔つきの貴司は正直な男で、春輝は長兄ほどには嫌いになれていない。

貴司は五十八歳。東大路グループのエネルギー部門でトップの地位にいる。会社内のことはノータッチなので春輝は権力の構図がわからないが、「兄弟でしっかりグループを牛耳っているんだな」くらいは想像できた。

「おまえ、いつまでこんな茶番を続けるつもりだ？　もうそろそろ女装なんてできなくなるだろ。いまいくつだ？」

「……二十四です」

「もうそんな年か」

貴司はひとつ息をつき、指でこめかみあたりをかいた。

「茶番を演出しているのは和雄兄さんです。文句があるならそっちに言ってください。俺は好きでこんなことをしているわけではありません」

「おいおい、俺の前でも猫かぶれよ。まあ、素のおまえを見せられても、俺は怒ったりはしないけどさ」

ニヤニヤと笑う貴司を、春輝はつい睨んでしまう。嫌いになれないのは、貴司がこんなふうに気安い態度を見せてくるからだ。父の葬儀ではじめて会ったときから、貴司はこんな感じだった。

『日陰の身だと自分を卑下するのは楽しいか？』

そう呆れた口調で言われて、腹が立った。『楽しいわけがない』と思わず言い返してしまった春輝に、貴司はニッと笑った。『なんだ、けっこう元気なガキじゃないか。心配して損した』と、去っていった。

「仕事はどうだ。面白いか」

「とくにこれといって面白くはないですけど、つまらなくもないです」

「まあ、おとなしく勤務していろ。出勤している実態さえあれば、給料は出るようになっているから」

それだけ言って、貴司は歩いていった。広い背中を見送りながら、春輝はため息をつく。

現在勤務している会社は東大路グループの末端にある中堅企業だ。就職活動をはじめようとした大学三年のとき、長兄から書類が送られてきて、すでに内定していると知らされた。自分たちの目が行き届く場所で働けということだ。

その会社は堅実な経営をしている優良企業ではあったが規模は大きくなく、春輝がどれほど頑張って実績を積み上げても将来の出世は限定的だった。グループの中枢には絶対にたどり着けない。つまり、春輝を一生飼い殺しにするための場所だった。

端から見たら、なんら不自然なところはない就職先だったことが悔しかった。春輝の学歴からしたら相応だからだ。飛び抜けて優秀でもない春輝が自力で内定を取ったとしたら、このあたりの会社だろう。もしかしたら東大路グループ本社から声がかかるかもしれない、などと無意識のうちに甘い夢を見ていたことを自覚して、恥ずかしかった。

複雑なもやもやとした気持ちを抱えたまま、春輝はそこに入社した。とはいえ、そこで働く人たちにはなんの罪もない。先輩社員たちはみんな人がよく、普通の新入社員として入社した春輝を可愛がってくれている。

　春輝の素性を知るのは、部長以上の社員と直属の上司だけ。二年目に入ったいまでもやりにくいところがあったが、おおむね順調だった。給料はたぶんほかの平社員より多い。生活を困窮させると変な副業に手を出すかもしれないと警戒されているのだろうか。それはありがたくいただいている。おかげで株の配当金を母に仕送りできていた。

「あったあった、ここか」

　喫煙可のちいさな札を見つけ、ガラスの扉を開けて中庭に出た。本館と新館に挟まれた細長い中庭は薄暗かった。

　それでもさすが老舗（しにせ）のホテル、きちんと手入れされていて、足下にいくつも配置されたライトが日没とともに灯りはじめ、幻想的な雰囲気になってきている。木製の鄙（ひな）びた感じの東屋（あずまや）があり、そのまわりを紫陽花（あじさい）が囲んでいた。ちょうどきれいに咲いている。

　ホテルの売り物である広い日本庭園に繋がっているらしいが、こちらには人気（ひとけ）がなかった。都合のいいことに無人だ。

　東屋のテーブルに陶器の灰皿が置いてあった。その傍（かたわ）らで袂（たもと）から出した煙草（タバコ）に百円ライターで火をつける。深く吸いこんで、空に向かって煙を吐いた。木製の椅子には座らない。着物が汚れると厄介だからだ。

「はぁ……」

今日の役目を無事に終えられたという安堵感と、いったいいつまで——といった虚しさをあらためて感じる。二人の異母兄に会ってしまったことも苛立ちを募らせた。どこかで発散しないと、真面目なサラリーマンに戻れそうにない。こういうときはパーッと遊ぶに限る。

携帯電話はカバンといっしょに部屋の中だ。呼び出す相手は決まっている。中学時代からの友人、川口拓磨だ。夕食がてらどこかで落ち合い、ついでに夜通しクラブで騒いでもいい。

「とりあえずメシだな。腹が減った」

なにか美味しいものを食べたい。どこに行こうかなと考えはじめたら、すこし気分が晴れてきた。陶器の灰皿に灰を落とし、吸い口を唇に挟んだところでガラスの扉が開いた。

だれかが煙草を吸いに来たとしか思わず、なにげなく視線を向けると、そこには長身の外国人が立っていた。

薄暗くなってきてもわかる浅黒い肌と強い光を放つ青い瞳、髪は漆黒で癖毛なのかパーマなのか緩くウエーブしていて額にかかっていた。仕立てのよさそうなスリーピースを身につけ、足元にはピカピカの革靴、左手首には高級そうな腕時計をはめている。

年のころは三十代後半か四十歳くらいだろうか。なぜか瞳をキラキラさせて春輝をまっすぐ見つめている。怪訝に思ってさりげなく視線を逸らした。さっさと煙草を吸い終わってここから立ち去ろうと決める。

「Excuse me. You are ――」

話しかけてきた。英語なら春輝はわかる。英会話くらい身につけておくのは常識だと異母兄たちに言われ、なかば意地で勉強したからだ。煙草を吸いに来たが火がないので貸してくれとかかな、と視線を戻したが、ちがっていた。

『さっきの演奏は素晴らしかった。あれは日本古来の楽器なのか？　はじめて聴いた。時を忘れさせる幽玄な音がした。演奏者はみんな美しかったが、君が一番きれいだった』

いい声だ。低音でよく響く。しかし話している内容はつまらない。なんだコイツ。

つまりこの男はさっきのパーティ会場にいて、箏の演奏を聴いたらしい。

『黒く濡れた瞳は黒曜石（オブシディアン）のようだ。滑（なめ）らかな白い肌は最高級の大理石（ビアンコ・カラーラ）のようだし、君の美しさを引き立てる、この民族衣装も艶やかで最高だ』

間合いを詰めてきて、男が春輝の容姿を褒めはじめた。着物姿で箏など弾けば、だいたいの外国人はその人物を大和撫子（やまとなでしこ）だと勘違いするだろう。この男もそうらしい。見かけだけで気に入られても、これは春輝の本当の姿ではないのだ。

ムッとして黙っていると、春輝の手から男が煙草を奪った。灰皿に押しつけて火を消してしまう。あまりにも自然に勝手なことをされてぽかんとしている春輝を、男は色気たっぷりに見つめてくる。

『煙草なんてやめなさい。美容によくない。君の美しさが損なわれてしまうよ』

気障ったらしく囁いてきたセリフに、唖然とする。すぐにカーッと頭に血が上った。喫煙は唯一、春輝が自分に許した不健康な嗜好だ。そのくらい自由にさせてほしい、という気持ちの表れだった。それを咎めてくるなんて、いったいこの男にどんな権利があるというのか。

「うるせーんだよ、この薄らバカ！」

腹から怒鳴った。もちろん日本語だ。男はきょとんと目を丸くしている。日本語がわからないのか、それとも清楚な少女にしか見えなかった春輝がいきなり喚いたからか。

「俺は男だ！　煙草吸って肌が荒れようがヤニで歯が黄色くなろうが、そんなことどうでもいいんだよ！　気にしないんだよ男だからな！　バーカ！」

呆然として立ち尽くしている男の横をすり抜け、春輝はガラスの扉から館内に入った。小走りで廊下を進むあいだ、振り向くことはなかった。エレベーターを見つけて乗りこみ、階数ボタンを押してひとつ息をついてから、「ああ、もうっ」と草履で壁を蹴った。

勢いで怒鳴ってしまったが、あの男はきっと財界人だ。あのパーティに招かれていたわけだし、身につけるものすべてが高級品で、それが当然のように振る舞っていた。言葉の端々から、人に命じ慣れている感が伝わってきていた。春輝を少女だと勘違いしていたから丁寧に接していただけで、いつでもどこでも傲慢になれる種類の男だ。

おそらくセレブ中のセレブ。それにあの容姿。髭はなかったが——。

「まさかアラブの石油王とかじゃないよな……。ああっ、俺のバカ。バカなのは俺の方だ」

反省しても遅い。日本語が理解できなくとも罵倒されたことはわかるだろうから、片山流にクレームが来たらどうしよう。とりあえず伯母に一報を入れて、いまのうちに謝っておくか。あの場では二人きりだったから、迫られて怖くてパニックになったとでも主張すれば、ぎりぎりセーフかもしれない。

「でも遊ぶぞ、今夜は」

遊ばずにいられるか。春輝は部屋にたどり着くと、まず携帯電話を取り出して拓磨に連絡を入れたのだった。

◇

一人で中庭に取り残されたジェフリーは、しばしあっけにとられて立ち尽くしていた。

「ああ、ここにいたのか、ジェフ」

ガラスの扉を開けてロバートが外に出てきた。中庭と東屋をぐるりと見回して、「一人か？」と確認してくる。

「単独行動は慎んでくれよ。なにも言わずに勝手に会場からいなくなるのはやめてくれ。いくら治安のいい日本だからといって、気を緩めるな。しかもここは海外からの客も多いホテルだ。ボディガードたちが慌てていたぞ」

「ロブ、『ウルセーンダヨ、ウスラバカ』ってどういう意味だ？　たぶん日本語なんだが」

「日本語？　僕にわかるわけがないだろう。あとで通訳に聞いてみろ。だれかにそう言われたのか？」

「あまりにも可愛らしい少女だったから声をかけたら、そう言われた。おそらく良い意味ではない。怒っていたようだった」

「女に声をかけたのか？　おまえが？　珍しいこともあるもんだな」

「珍しいか？」

「珍しい。なにもしなくても女の方から寄ってくるから、自分からアプローチしたことなんてほとんどないだろ。若いころは適度に食っていたが、最近は地位と名誉と財産目当ての女ばかりで食傷気味だと言っていたじゃないか」

意識せずに珍しいことをしてしまっていたらしいジェフリーは、東屋の灰皿を見下ろす。吸い口に赤い口紅がついていた。

「ロブ、日本では女が煙草を吸うのは普通なのか？」

「さあ、どうだろう。先進国での喫煙率は年々下がっているから、日本もそうだと思う。若者ほど健康志向が高く、しかも煙草にはだいたいの国において高い税金がかけられているから、生活にゆとりがある高齢者の嗜(たしな)みになりつつあるらしいな。そもそも日本では二十歳を過ぎないと酒も煙草も許可されないと聞いたことがあるが……」

「二十歳？」

まさか、とジェフリーはもう一度吸い殻を見下ろす。彼女は隠れもせずに堂々と吸っていた。

「あの少女が二十歳を過ぎているというのか？　信じられない」

「少女？　おいジェフ、営業先の外国で少女買春はやめてくれよ」

「いや、だから、あの子が二十歳を過ぎていたら――いや過ぎているようには見えなかったが、もし大人ならば少女買春にはならない。おい、私はなにを言っているんだ。ロブ、変なことを言わせるな。私はあの子を買おうとしたつもりはない。ただ可愛らしかったし演奏が素晴らしかったから、気持ちを伝えたかっただけだ」

「演奏？　さっきの和楽器演奏のことか？」

「最前列の真ん中にいた子を覚えているか」

「いや、ぜんぜん覚えていない。みんなおなじようなキモノだったから、だれがだれだか……」

「キモノはみんなおなじシルエットだが、それぞれ柄が違っていただろう。古風な車だったり扇子だったり、鳥が舞ったりしていた柄もあった。彼女のキモノは花柄だった。一番可愛らしくて一番上手かったじゃないか」

「合奏だったのに上手いか下手か、聴き分けられたのか？」

「ソロパートがあっただろう」

「そうだったか？」

「おまえ、芸術系はまったくダメだな」

「ああ、ダメだ」

ロバートはあっけらかんと笑ってみせる。そこにボディガードたちがぞろぞろと到着して、ジェフリーはパーティ会場に連れ戻された。

そのあとすぐ、通訳によって少女が発した言葉の意味が判明し、ジェフリーは静かに腹を立てた。紳士たるもの、大声で怒鳴り散らすようなみっともない真似をするなと教育されてきている。

「この私をバカと言ったのか、あの子は」

手に持ったシャンパンのグラスがぷるぷる震えて、中身が波打った。怒鳴ることはなくとも、抑えこんだ怒りはかえって陰湿な仕返しに向くことはある。オックスフォード時代には、よくそうやって自分を怒らせた相手に後日攻撃し、溜飲を下げたものだ。

「彼女の素性(すじょう)を調べろ」

ジェフリーの命令に、ロバートはやれやれと肩を竦めつつも了解してくれた。

その日の夜、パーティがあったホテルとは別のセキュリティがしっかりしているホテルに、ジェフリーは宿泊していた。専用のカードキーがなければ到達できないフロアにある、最高級のスイートルーム。調度品は良質のものが揃(そろ)えてあったし、専属の従業員は教育が行き届いていて快適だった。清掃が済んだバスルームに水滴が落ちていたことは一度もなく、ベッドのシーツに皺（しわ）が寄っていたこともない。ルームサービスもオーダーしてから届くまでが早く、温（ぬる）いコーヒーを飲まなくてよかった。

退屈なパーティを耐え抜き、シャワーを浴びてさっぱりしたところにロバートがタブレットを手にやってきた。バスローブ姿でバーカウンターからウイスキーの瓶（びん）を取り出し、ジェフリーはバカラのグラスに注ぎこむ。その手が止まったのは、ロバートの報告に耳を疑ったからだ。

ジェフリーに暴言を吐いた少女の調査結果だ。

「なんだと？　もう一度言ってくれ」

「だから、おまえが可憐な少女だと思っていたのは、二十四歳の男だったんだよ」

衝撃のあまり、あやうくウイスキーの瓶を自分の足の上に落とすところだった。

「それは本当なのか」

「カタヤマ流家元のユウコ・カタヤマの妹・イトコの一人息子、ハルキ・カタヤマ、二十四歳。トウキョー都内（とない）在住で、中堅の会社に勤務しているらしい」

「……男……」

そう言われてみれば、声が低かったような――。喉仏（のどぼとけ）はあったか？　そこまで見ていない。

あの可憐な姿に目が眩（くら）み、はなから女だと思いこんでいた。

火遊びの相手には事欠かず、女に耐性があり知り尽くしたようなつもりでいたジェフリーにとって、かなりの衝撃だった。

「そんなに驚くことか？　おまえ、男もいけるだろ」

「私が女だけでなく男も対象であることと、あの失礼な少女がじつは成人した男だったこととは関係ないだろうが。彼女——いや彼は私を侮辱(ぶじょく)したんだぞ！」

「それはジェフがいきなり煙草を取り上げたからだ。向こうからしたら、とんでもなく失礼なことをしたのは、おまえが先だ」

「うっ」

バカと罵(ののし)られた経緯(けいい)を聞かれ、ジェフリーは渋々ながらも経緯(いきさつ)を話したのだ。ロバートは爆笑して、「それはおまえが悪い」ときっぱりジャッジを下してきた。

「し、しかし、か弱い乙女(おとめ)のような少女が煙草を吸っていたら、注意したくなるのは大人の男としては当然だろう」

「だとしても、いきなり口から引っこ抜くのはいかがなものかと思う」

「うっ」

いちいち正論を吐かれて、ジェフリーは言葉に詰まる。グラスを手にソファに座ったのを見計らったのか、ロバートが調査内容の報告を付け加えてきた。

「あと、彼の父親についてだが」

「なんだ」

「ヒガシオオジグループの前会長、カズタカ・ヒガシオオジ氏だった。十年前に亡くなっているから、我々は面識がない」

「………ということは、現トップの弟ということか？」

「そうなるな。異母弟だ。まあ、愛人の子という立場だろう」

「そうか……」

ジェフリーは腹の中で渦巻いていた怒りが、若干勢いをなくしたのを感じた。

現President & CEO（代表取締役社長）の東大路和雄には何度も会ったことがある。ジェフリーがＣＥＯを務（つと）める会社と東大路グループは長年にわたって大切なビジネスパートナーだ。日本に化石燃料を売るための重要な窓口だった。

「カズオ・ヒガシオオジは現在六十歳。前会長は生きていたら九十歳。若い女性が好きだったのかな。ずいぶんと老齢に入ってから三男をもうけたようだ」

「私の父も似たようなものだ」

「ああ、すまない。イドリーズ王を悪く言うつもりは微塵（みじん）もなかった」

「わかっている」

ロバートは「悪かった」ともう一度謝罪してから、タブレットをジェフリーに渡し、部屋を出ていった。一人きりになって、ウイスキーをじっくりと味わいながら、ジェフリーは調査報告書を最初から読んだ。

どこから手に入れてきたのか、女装していない普段の姿の片山春輝の写真があった。スーツを着ているとまったく女には思えない。華奢ではあったが、ちゃんと男だ。衣装によるマジックと思いこみというものは恐ろしい。

「髪はウイッグだったのか」

艶々の黒髪がきれいだったので残念だ。けれど写真の中の、耳と額を出して毛先をちょっとだけ遊ばせている若者らしいヘアスタイルもよく似合っている。滑らかな白い頬と濡れたような黒い瞳は変わらず、口紅を塗っていない唇は薄いピンク色をしていた。

ジェフリーはふと思いついて、男の着物をインターネットで検索してみた。

「ちゃんとあるじゃないか」

女性用ほど派手ではないが、男性用の着物は存在している。羽織袴というスタイルもあるみたいだし、これで演奏すればいいのではないかと思う。

つぎに片山春輝の名前で検索をかけてみる。十年ほど前の映像がヒットした。まだ中学生の春輝がテレビの音楽番組で箏の演奏をしていた。いまよりずっと少女のような風情だが、羽織袴を着ている。よく似合っていた。

「……もしかして、女装しなければならない理由でもあったのだろうか」

異母兄たちに強制されたのかもしれない。前会長の三男でありながらグループの中枢で働いてはいないことから、冷遇されている可能性が大きい。けれど演奏自体は素晴らしく、彼が自分なりに抗い続けていることが感じられた。

「彼の母親は……ああ、まだ存命か。五十歳……若いな」

母親の写真は報告書に添付されていない。また検索をかけてみたら、清楚な雰囲気の美しい女性が見つかる。母親の糸子はプロの箏奏者として有名らしい。春輝はあきらかに母親似だ。

（愛人の子……年の離れた異母兄たち……か）

自分と似たような境遇にある春輝に、なんとなくシンパシーを感じてしまう。

ジェフリーの故郷はトルコとシリアのあいだに位置する小国、アルカン王国だ。

地中海に面しており、穏やかな気候と豊かな海の幸が自慢で、化石燃料による収益が国庫を潤している。建前としては立憲君主制だが、国王が絶大な権力を握っているため絶対君主制に近い。

国王は世襲で、国会を動かす議員たちの大半は王族と貴族が占めている。民主化は進んでいないが、生活に余裕があれば国民はあまり不平不満を言わないものだ。化石燃料がもたらす富は、国民の医療費も学費も税金すらも無料にして、さらに王族の財布も満たしていた。王族をはじめ特権階級に属する者たちも、一般の国民も、現状維持が望みなのだ。

だからこそ異国の血を引くジェフリーが、今後、王制を揺るがす不安の種になりかねないと思われてしまう。反王制派だと一方的に決めつけられて、狙われたりする。疑われるような言動は一切していないというのに。

ジェフリーの母ジェニファーは父の第三妃だった。アルカン王国では、王族は三人まで妻を持つことが許されている。

父と母の結婚は、王族中の反対にあったという。母が異国人で異教徒だったからだ。何度も話し合いが持たれ、第一妃と第二妃がすでに数人の子を産んでいることもあり、母が王の子を産んでも王位継承権は与えないという条件のもとで婚姻が成された。

生前の父は、できるだけ母を庇い、守っていたと思う。父が愛によって結婚を望んだのは母だけだった。第一妃と第二妃は、親族の中から占いと権力争いの末に選ばれたらしかった。

父には愛されていた記憶しかない。ジェフリーは金色の髪と白い肌を持つ母には似なかった。肌は浅黒く、髪は癖があり黒い。目鼻立ちは中央アジアに住む人たちそのもので、瞳だけがアルカン王国周辺には珍しい青だった。父はよく、「地中海の青だ」とジェフリーの瞳に微笑みかけていた。

地中海に沈む夕日が見える、あの屋敷。母のために父が建てた。

国王一家の住まいである王宮は、内陸部に位置する首都カルカヴァンにある。そこにジェフリーと母の部屋も与えられていたが、本当に寛ぐことができたのは、あの屋敷だけだった。

父亡きあと、母は英国に帰った。そのときジェフリーもついていくか迷った。しかし行かなかった。子供時代からの冷遇に嫌気が差してはいたが、自分の体に半分流れる父の血を否定したくなかったからだ。父は素晴らしい王だった。

十五年前、その父の跡を継いで王になったのは、第一妃が産んだ長兄シャーヒンだ。末子のジェフリーとは二十歳以上も年が離れている。ジェフリーが生まれたとき、長兄はすでに結婚して子供がいた。

シャーヒンとはほとんど交流がなく育った。長兄は生まれたときから父の後継者として育てられており、取り巻きたちはあきらかにジェフリーを近づけまいとしていた。長兄だけでなくほかの兄弟とも親しく接したことなど皆無だ。行事のときに顔を合わせるだけの、遠い親戚のような感覚だった。

だから、国を支えるエネルギー会社のＣＥＯに任命されたときは驚いた。大学卒業後、その会社で働いてはいたが、トップの座に上りつめたいという野望などなかった。下手に目立つ行動をすると叩かれることはわかっていた。

任命したのは国王シャーヒン。辞退することはできない。受ける以外に選択肢はなかった。

ジェフリーはこの会社のＣＥＯがどんなものか知っていた。主な業務は外交だ。代々、王族が任命されてきた。会社の経営は国の優秀な官僚たちがしっかりと回しているため、ＣＥＯに任せられる実務は少ない。せいぜい世界中の社交界で顔を売り、友好大使のように振る舞って国の好感度を上げるくらいだ。ジェフリーでなくともできる仕事。

それでもこの立場に甘んじているのは、父が守った自国のため。父が大切にしていた国民のためだ。そして、数多の王族からジェフリーを選んだ長兄の意図を、いつか知りたいからだ。もし春輝にもやむにやまれぬ事情があるのなら、似通った生い立ちを持つ者同士、話が合うかもしれない——。

「いや、なにを甘いことを……」

ジェフリーは頭を一振りして、グラスの中身を呷った。強い酒が喉を焼き、感傷的な気分をぐっと抑えこんでくれる。

「私は侮辱された。あの姿に騙されもした。仕返しとまではいかないが、せめて謝罪させなければ私の気が済まない」

決意とともに、タン、と音をたててテーブルにグラスを置いた。

◇

「お疲れさまでしたー」

「おう、お疲れー」

午後六時半、春輝は先輩社員たちに交じって、勤務している会社のビルを出た。会社はこの四月に新入社員を採用しなかったため、昨年と変わらず春輝は一番下っ端だ。先輩たちの半分は既婚なのでこのまま帰宅する。残りの半分の独身者たちは、その日の都合でいっしょに食事に行ったり行かなかったりしていた。春輝は自炊がまったくできないので、だいたい外で食べてから帰る。

今日の外食組は、春輝を入れて四人いた。どこへ行くかと相談しながら地下鉄の駅までぞろぞろと歩いていると、先頭を歩いていた先輩がいきなり足を止めた。あやうくぶつかりそうになった春輝が「どうかしたんですか？」と尋ねると——。

「Excuse me」

どこかで聞いたことのある、深みの心地よい低音ボイスが先輩越しに聞こえてきた。

「Haruki Katayama」

唐突に名前を呼ばれて驚いている春輝を、先輩たちが一斉に振り返る。

「おまえに用事みたいだ。知り合いか？」

「ちょっと尋常じゃない雰囲気の男たちだが……」

戸惑いながらも先輩たちが春輝の前から引いていき、視界が開けた。数メートル先に長身の男が立っていた。一目でわかる。三日前の土曜日、ホテルの中庭で春輝を女と思いこんで口説いてきて、煙草を取り上げた奴だ！

今日も憎らしいほどに高そうなスーツに身を包み、両脇と背後に合計四人ものボディガードらしき屈強な男どもを従えている。夕暮れのオフィス街に不似合いで異質だった。ドラマの撮影か？　と疑ってしまうほどに。

通り過ぎていく人たちが胡散臭そうな目を向けていることに気付いているのかいないのか、男は堂々と立ち、ニッと笑った。感じのいい笑い方ではない。春輝は嫌な気分になった。

一日真面目に働いてほどよく疲れているし、腹ぺこだ。これから美味いメシを食べに行こうとしていたときに、面倒くさい相手に捕まってしまった。春輝の素性を調べ上げてここまで来たのだろう。それ自体は驚きに値しない。春輝はべつに素性を隠しているわけではないから、その気になれば調べることは可能だ。

このぶんだと春輝が日本語で怒鳴った言葉の内容も理解したのだろう。男の目には好戦的な光が満ちていた。

伯母の結子にはあの日のうちに電話をした。パーティに出席していた外国人の男に中庭でナンパされたこと、馴れ馴れしくて不愉快だったので感情的になってしまいスマートに断れなかったこと。いくぶん自分に都合のいいように言葉を選んだのは否めないが、嘘ではない。

もし片山流にクレームが入ったら申し訳ない、と謝っておいた。結子は笑って、「うちのお弟子さんたちが営業先のヒヒジジイに口説かれるのはよくあること。気にしなくて大丈夫よ」と言ってくれた。

それでも心配だったので、なにかあったら連絡をしてほしいと頼んでおいた。今日まで結子から連絡はなかったので、あの気障なセレブ男はそれほど狭量な人間ではなかったのかとホッとしていたところだったのだが……。

『やあ、また会ったな。このあいだとはずいぶんと雰囲気がちがう』

気さくな口調で話しかけてきた。長い足で一歩、間合いを詰めてくる。靴はあいかわらずピカピカに磨かれていて、灯りはじめた街灯が反射していた。

『私を覚えているか？』

春輝は答えなかった。じっと男を見上げて――悔しいが男は春輝よりも二十センチくらい背が高く、たぶん百九十センチ以上ある――口を噤んでいた。

『あのとき君が私に投げつけた言葉の意味は、だいたいのところを理解した。性別を間違い、煙草を取り上げたのは、たしかに私が悪かっただろう。けれど、あのときの君は完全に女だった。あんな格好をして勘違いさせた君も悪いと思う。私を侮辱した言葉を撤回し、素直に謝罪するなら、すべてを水に流して――』

この男はやっぱりバカだ。どこの偉い人か知らないが、相手にしたくない。スルーしよう。

「アイキャントスピークイングリッシュ」

春輝はカタカナ英語できっぱりと言い切ってやった。男がきょとんとした顔になる。

「先輩、行きましょう」

成り行きを見守っていた先輩たちの手を引き、とっとと地下鉄の入り口へ向かう。「いいのか？」と小声で確認してくる先輩たちに、「いいんです」と頷いて小走りになった。

『おい、ハルキ・カタヤマ！』

フルネームでもう一度呼ばれたが、春輝は無視した。地下鉄の構内までは追いかけてこなかったので、そのまま逃げ切る。先輩たちはしきりに背後を気にしていたが、春輝は「メシ食いに行きましょう」と気持ちの切り替えを促した。

「まあ、おまえがそう言うなら……」

「どこの店に行く？　片山はなにが食いたいんだ？」

深くは追及しないでくれる先輩たちは大人だった。春輝はにっこりと笑顔を作り、「天津飯(てんしんはん)が食べたい」と遠慮なく希望を告げる。お手ごろ価格の街の中華料理店へ行くことになった。

（あの男……）

長身の気障男。追ってはこなかったが、このまま春輝のことを忘れて消えてくれるとは思えない。最悪のパターンは、あの男が春輝の父親のことまで調べ上げていた場合だ。異母兄たちに連絡を取られてしまったら、春輝はあの男の前に出ていって謝罪しなければならなくなる。

（嫌だよ。どうして俺が謝るんだよ。あいつが悪いのに）

どうか自分のことなんかとっとと忘れてくれ、と神に祈る。天津飯は美味かった。

だが春輝の願いも虚しく、翌日、会社の前にまたあの男が立ち、春輝の勤務時間が終わるのを待っていた。オフィスに乗りこんできて仕事の邪魔をしないという常識だけはあるらしいが、

ボディガードともども歩道を塞いで通行人の邪魔になっているし、春輝の先輩たちを不安に陥れ、食事に行くのを阻んでいる。

『ハルキ・カタヤマ、話がある。すこし付き合え』

男はごくゆっくりと、聞き間違えできないほど明確に発音して呼びかけてきた。さすがに二日目ともなると、「アイキャントスピークイングリッシュ」で逃げるのは無理っぽい。

直接的な暴力には訴えてきていなくとも、男は昨日よりも不機嫌そうで、いつでもボディガードたちに春輝の拉致を命じられる雰囲気だった。もちろんそんなことをしたら目撃者多数であっという間に通報されるだろう。しかし、どこの国の人間か知らないが、もし大使館にでも連れこまれたら厄介だ。

『俺、いまからメシを食いに行くところなんだけど』

いつまでも黙っていては埒があかないので、仕方なく春輝は英語で返事をした。

『なんだ、母国語以外にもしゃべれるんじゃないか。英語なんて簡単な言語すらマスターできないバカかと思った』

フン、と男は鼻で笑う。イラッとしたが顔には出さないように我慢した。

『これから食事なら私と話をしながらでいいだろう。乗れ』

男が指さしたのは路肩に寄せて停車していた馬鹿デカいサイズのセダンだった。日本のナンバーなので自国から持ってきたわけではなさそうだ。リムジンだろうか。こんな車、日本にあったのかと妙な感心をしてしまう。細い裏道は通れなさそうだ。

『早く乗れ。店を予約してある』

『はいはいって乗るわけがないだろ。俺、あんたのこと知らないんだけど。見ず知らずの男の車になんの疑いもなく乗るほど非常識じゃない』

男の凛々しい眉がぴくりと反応して春輝を睨んできた。

『どうあっても私の誘いを断ると言うのか。私は君の兄をビジネス上知っている。今回のことはプライベートなのでわざわざ連絡を取っていないが、した方がよかったか？』

（やっぱそうきたか……）

仕方がない、と春輝はため息をついた。やはり素性をとことん調べ上げられているようだ。けれど異母兄にはまだ連絡を取っていないらしいのはありがたい。できればこのまま彼らにはなにも言わないでほしい。ここで誘いに応じるのが得策だろう。

後ろにいる先輩たちに「ごめんなさい。今日はちょっと」と、ここで別れることを告げる。

「えっ、こいつについていくのか？　大丈夫か？」

「兄の知人でした」

嘘ではない。英語がわかる先輩が「そうみたいだな」と頷いたので、ほかの先輩たちも納得してくれた。「じゃあな」と手を振りつつ、先輩たちは地下鉄の入り口に消えていく。

『車に乗れ』

三度、横柄に命令してきた。男が顎で合図をすると、ボディガードの一人が車のドアを開けた。やはり車はリムジンだったようで、天井にミニサイズのシャンデリアが煌めき、L字に白い革のソファが設えられているのが見える。思わず、「なんだこりゃ」と呆れた声が出てしまった。

得意げな表情をしている男の前を通り過ぎ、車に乗りこむ。すぐ男も乗りこんできて、春輝はできるだけ反対側に身を寄せた。ボディガードたちは一緒に乗らないようで、一人は助手席、残りは別の車らしい。

『まず自己紹介をしよう』

男が席に深く座り、長い足を組む。またもや革靴にシャンデリアの明かりが反射して、眩しいくらいにキラキラした。どれだけ磨けば革靴にこんな輝きが生まれるんだ。

かすかな振動が伝わってきて、車が発進したのがわかる。

『私はジェフリー・オルブライト、中央アジアにある、石油産出国の王族だ』

身分が想像通りすぎて笑えない。本当に王族だった。機嫌を損ねたら異母兄たちに叱られるどころではなく、国に損害を与えてしまうかもしれない。この男が異母兄にクレームを入れてくれなくて本当によかった。

『俺は、まあ、もう知っているみたいだけど、片山春輝。あんたは異母兄たちとビジネス上の繋がりがあるみたいだが、俺は東大路グループとはまったく関係ない仕事をしている。切り離して考えてくれるとありがたい』

『つまり、君の兄であるカズオ氏に連絡はするなということかな？　タカシ氏は？』

わざわざ確認してくるのは、言質を取るためだろう。いやらしいビジネスマンだ。異母兄たちが春輝の触れられたくない部分だと察している。認めたくないが、仕方がない。

『両方だ。あんたが四日前の俺の言動に怒っているなら、謝罪する。ごめんなさい。だから彼らにはなにも言わないでくれるとありがたい。母方の伯母が箏の片山流家元で、異母兄からは個人的に運営資金を援助してもらっている。怒らせてそれを打ち切られると困る』

『なるほど。逆らえないというわけだ。四日前のパフォーマンスのやり方は、君としては不本意なものだったと考えていいのか？』

女装して演奏していたことを指しているのだろう。演奏後の中庭での一幕から、この男はそう思ったらしい。当たりだ。なかなかどうして、ちゃんと人を見ているじゃないか。

『俺に女装趣味はない。まあ、女の格好が似合いすぎるのがいけないんだろうな。異母兄たちは面白がっている。騙されて、うっかりナンパしてくる男がいるくらいだから』

ちょっと揶揄する口調で言ってみたら、ジェフリーはむっつりと黙りこんだ。ずいぶんと感情が面に出る男だ。

『あれは間違えても仕方がない。私の目が悪いわけではない。キモノ姿の君はとても美しかった。色とりどりの花の模様は君に似合っていたし、演奏者の中で君が一番上手かった』

『え、俺が一番上手かった？』

四日前は容姿しかほめられていない。意外な一言に、つい身を乗り出して聞き返してしまう。

『君が一番だった』

『聴き分けられたのか？　ソロパートなんて、ほんのちょっとだけだっただろ』

『私の耳を馬鹿にするな。これでも幼児期からさんざん一流の音楽に触れてきたのだ。演奏者のレベルくらいわかる』

ジェフリーは当然といった口調で続ける。

『君は家元の身内だ。幼いときからいままで、膨大な時間をレッスンに費やしてきたのではないか？　音楽が体の一部になっているように感じた。素晴らしかった』

手放しの褒めように、春輝は俄然いい気分になった。この男のいくつかのマイナスポイントが帳消しになり、春輝の中でジェフリーは一気に『いい人』レベルへと格上げされる。

『ありがとう。そんなふうに言ってもらえて嬉しい』

笑顔でお礼を言うと、ジェフリーは一瞬だけ動かなくなったが、すぐに視線を逸らして『本当のことを言ったまでだ』とぶっきらぼうに返してくる。

『ジェフリーはいくつ？』

『三十六だ』

『へぇ、若く見えるね』

初対面のとき、もしかして四十歳くらいかもと思ったことは黙っておくことにする。

『体、鍛えてるの？』

『運動は欠かさないようにしている』

『スタイルいいね。カッコいい』

ちょっと持ち上げてみたらジェフリーは口元を緩め、ほどほどに筋肉がついた長い足をわざとらしく組み替えた。よしよし、いい調子だ。四日前の春輝の暴言を、なんとかなかったことにしてもらいたい。

かすかな振動とともに車が停まった。ドアが外側から開けられる。ボディガードが周囲に視線を飛ばしながら、『どうぞ』とジェフリーに声をかけた。到着したのは某有名グルメガイド本で星をもらっているフレンチレストランだった。

簡単には予約が取れないことで知られている店のはずだが、産油国の王族はわりと簡単に取れてしまうらしい。

春輝は訪れたことがなく、従業員に奥の個室へと案内されていくあいだ、物珍しくてきょろきょろと視線を巡らせる。個室は広かった。十人は座れそうな大きなテーブルに二人だけ。白いクロスがかけられたテーブルには上品な光沢の美しい食器とカトラリーがきれいに並んでいる。テーブルマナーは母に叩きこまれているので不安はない。

席についてすぐ、ソムリエがワインリストを持ってきた。ジェフリーだけでなく春輝にもリストを見せてくれる。ワインについては基礎知識くらいしかない。どれが美味いんだろう、と銘柄やら年代やらを眺めていたら、ジェフリーがニヤニヤと笑いながら春輝を見ていた。どうせワインの善し悪しなどわからないんだろう、とでも言いたげだ。

その通りなので腹は立たない。春輝はリストを閉じて、ソムリエに返した。

『あんたが選んでよ。よくわからないから』

『……素直だな』

意外そうな顔をされた。そんなに春輝は意地を張りそうな子供に見えるのだろうか。

『こんなところで知ったかぶりして恥をかく趣味はないってだけ』

『そうか。では私が選ぼう。ワインは好きか？』

『酒ならなんでも好きだよ』

『そうか。ならば好きなだけ飲むといい』

『えっ、いいの？　そんなこと言われたら飲んじゃうよ？』

『飲んでいい』

『マジで？　嬉しい！』

春輝は華奢な体型と童顔のせいか小食でアルコール耐性がないと見られがちだが、じつは大食いのウワバミだった。いつか財布の中身を気にせずに好きなだけ飲んでみたい、というのが夢なのだ。

たぶんこのときの春輝は、輝くような満面の笑みになっていただろう。

『ありがと！　俺、あんたみたいな器のおっきい男の人、大好き！』

『……そうか』

ジェフリーがまたもやぎこちなく視線を逸らした。もしかして照れてんの？　このオヤジ。なんて心の中で呟いたことはおくびにも出さない。

星付きフレンチレストランの料理は最高だった。そしてジェフリーが料理に合うようにと選んだワインも最高だった。広いテーブルにワインの空き瓶とグラスが並ぶ様は壮観で、春輝は給仕係が片付けようとするのを制して、そのままにしていた。

「やだもう、めっちゃ美味しい～」

ほどよく酔っ払った春輝は、お代わりした鴨のローストをつまみにして、上機嫌で最高級ワインをぶどうジュースのように飲み干した。

『その細い腹のどこにそれだけの料理とワインが入っていくんだ？』

『えーっ、好きなだけ飲んでいいって言ったじゃない』

『それは言ったが……』

『えーっと、どこまで話したっけ。そうそう、母さんのお弟子さんでキミ子さんっていうおばちゃんがいたんだけど、ちょっとメタボ気味の体型で――って、メタボって知ってる？　肥満気味ってこと。すごく優しくて可愛い感じの人で子供のころの俺はけっこう懐いていたんだよね。でもさ、うちの教室に練習に来るたびに正座で足が痺れちゃってさぁ、ほら、箏って正座して弾くじゃない。太っている人って体が重いから、痺れるのが早いんだよ。そのおばちゃん、毎回痺れてて、練習が終わっても立てなくて、悶絶するの。その悶絶の仕方が面白くてさぁ。ほら、こんなふうに』

春輝が真似してやってみせると、ジェフリーは声を上げて笑った。屈託のない笑い声に、春輝への怒りはもう感じられない。四日前のことは水に流してくれたようで嬉しい。

何本目かのワインを飲み切ったとき、春輝はふと「いま何時だ？」と気になった。今日は平日で、明日も会社がある。酔っていても、この一年ちょっとでサラリーマンの習慣は身についている。携帯電話を取り出し、時間を確認した。

「ヤバっ、もうこんな時間じゃん。帰らなきゃ」

二十二時を回っている。いますぐ自宅マンションに戻ってシャワーを浴びて、さっさと寝なければ。春輝は最低でも八時間は睡眠を取りたいタイプだ。遅くとも七時半に起きないと会社に間に合わないので、二十三時半には寝なければならない。

『ジェフリー、ごちそうさまでした』

春輝は頬を酔いに染めた顔でぺこりと頭を下げ、カバンを抱えると立ち上がった。

『待て、帰るのか？　夜はこれからだ』

『もうお腹いっぱいになったから帰る』

『お腹いっぱいって――』

『明日も会社だもん』

『一日くらい休んでも構わないだろう』

『やだよ。あんたといっしょに消えたとこ、会社の先輩たち見てたんだぞ。翌日に休んだらなにがあったのかって心配させちゃうだろ。変に勘ぐられるのも嫌だし』

『私としては勘ぐられるのもやぶさかではないのだが――』

ジェフリーがワイングラスを片手に立ち上がり、春輝の隣の席に移ってきた。青い瞳が近くからじっと見つめてくる。あ、これはヤバいぞ、こいつバイなのかな。

『場所を変えて、ゆっくり飲まないか。とてもいい雰囲気のバーがある。世界中のありとあらゆる酒が楽しめるところだ』

『え……世界中?』

ものすごく興味をそそられる。『それどこ?』と聞いたら、ジェフリーが低音で囁いた。

『私が宿泊しているホテルのスカイラウンジで――』

うわ、それダメなやつ。下心ありありじゃん。頭の中で警戒のサイレンがウーウー鳴る。

春輝はすっくと立ち上がった。ごめんなさい、日本。体を使った接待は無理。ジェフリーが公私混同しないことを祈るのみだ。

『すっごく美味しかった。今夜は本当にありがとう』

『ハルキ』

伸びてきたジェフリーの手をするりとかわす。したたま飲んで酔ってはいたが、意識も足取りもしっかりしていた。いくら飲んでも前後不覚になったことはない。二日酔いになったこともない春輝だ。

『明日も仕事なの。もう寝たい。俺、真面目が取り柄の、ただのサラリーマンだから』

ナイロン製のビジネスバッグを胸に抱え、じわじわとテーブルから離れる。ジェフリーがグラスをテーブルに置き、ため息をついた。

『せめて送らせろ』

『大丈夫、まだ余裕で電車が動いてる。じゃあねー』

春輝はそそくさとレストランを出た。

慌てるあまり、一人残されたジェフリーの心情を考える余裕がなかった。

不愉快にさせてしまっただろうか。せっかく四日前のことがうやむやになっていたのに、とあとになってから後悔した春輝だった。

◇

テーブルの上にずらりと並んだワインの空瓶が虚しい。

ドアがノックされ、ロバートが顔を出す。ニヤニヤと笑っているロバートは、ジェフリーが入室を許可する前にふらりと入ってきた。

「おまえが振られるという、世にも珍しい場面を楽しませてもらったよ」

「振られたわけではない」

隣室でこちらの会話を聞いていたはずなのに、どうしてそんな解釈になるのか。

ロバートといっしょに待機していたボディガードたちも、ジェフリーが振られたと思ったのだとしたら訂正したい。

「そもそも、私はハルキに謝罪を求めるために会食をセッティングした。存外、素直な性格で、すぐに謝ってくれた。そこは評価する」

「謝罪だけが目的だったとは思えないな。いつものおまえなら、昨日そっけなくされた時点でばっさり切っているはずだ。あの子に興味があるから二度も誘ったんだろう？　そのかいあって、ずいぶん楽しそうに笑っていたじゃないか」

「……彼の話が楽しかったのは否定しない」

彼はよく食べ、よく飲み、よくしゃべった。従事している仕事について、片山流について、箏のうんちく、ちょっと変な姉弟子の珍エピソード、自分の母親の天然ぶり――。ぜんぜん飽きなかった。明日が休日だったなら、もっといっしょにいてくれただろうか。

「帰したくなかったな……」

場所を変えて自分のペースにしようと画策したが、かなわなかった。泊まっているホテルのラウンジを挙げたのが原因だろうか。まったく下心がなかった、とは言えない。本音を言えば春輝とのセックスに興味がある。けれど、なくてもいい。春輝みたいな子ははじめてだった。表情が豊かで、物怖じしない。彼の口から出る言葉に嘘はないと思える。カッコいいと言われて素直に嬉しかった。

しかしあれ以上の引き留めは、彼を不快にさせるだけだと判断して引いた。明日の仕事を考えて帰ろうとしたのは、たぶん本当だから。

（ともかく食事と酒で釣れることはわかった。つぎはどうする）

ロバートがドアを開けて店の人間に「テーブルの上を片付けてくれないか。それとコーヒーを二杯くれ」と命じているのが聞こえたが、ジェフリーは考え事に忙しくてそれどころではなかった。

「あの子、面白いな」

ロバートがジェフリーの斜め前に座った。

「僕は気に入ったよ。ジェフを手玉に取るなんてすごいポテンシャルの持ち主だ」

「私は手玉に取られていないぞ」

「そうか？　頭の中はあの子のことでいっぱいなんじゃない？」

その通りなので、ジェフリーは黙った。コーヒーが運ばれてきて、いったん落ち着こうとブラックのまま飲む。

「ロブ、また有名店を押さえてくれないか。どうやら食事と酒で釣れるようだ。今度こそ私のペースで話をして、もっと……」

「明日の夜はダメだぞ、会食の予定が入っている。キャンセルはできない」

「ランチに誘おう。ハルキの会社近くで評判のいい店を探せ」

「必死だな」

「必死になっているわけではない」

ブラックコーヒーをぐっと飲み干し、「明後日も誘う」と宣言した。

「それは可能だが、明々後日（しあさって）はキョウトに移動して要人と会ったあと、夜には帰国だぞ」

そうだった、とジェフリーは頭を抱える。今回の日本滞在は十日間の予定で、今日はもう七日目。三日後にはもう国に帰るのだ。明後日の夜に会うのが最後なんて、時間がなさすぎる。

「……つぎの来日予定はいつだ？」

「早くとも半年後かな」

「そんなに間が空くのか？」

つい驚いてしまったが、いくら重要なビジネスの相手国とはいえ、ジェフリーがそれほど頻繁に日本に来る必要はなかった。

「ロブ、頼みがある」

姿勢を正し、ジェフリーはロバートに向き直った。コーヒーを飲みながら、ロバートが目を眇（すが）めた。なにを言われるのか予想している顔だ。あとで揶揄されるとわかっていても、ジェフリーは言わなければならなかった。

「スケジュールを調整して、日本滞在を延長してほしい」

「延長か……。具体的にどのくらいだ？」

「少なくとも二週間。できれば一ヶ月」

ロバートがぐるりと目を回した。コーヒーカップの向こうでニッと笑う。

「それは大変だ。おまえはＣＥＯの仕事だけでなく王族として参加しなければならない自国の行事もある。それを調整するとなると、僕はかなりの苦労を強（し）いられるわけだ。一ヶ月は無理。無茶を言うな。せいぜい五日だな」

「短すぎる。十日はほしい」

「では六日だ」

「特別ボーナスを出そう」

「Deal!（決まり）　さすがジェフ、太っ腹だ。ＯＫ、七日間ならなんとかしよう」

「ありがとう」

交渉成立。ジェフリーが差し出した右手を、ロバートはがっちりと握った。

◇

「へーっ、そんなに美味いワインだったんだー。いいなー」

焼き鳥の串を横咥えにして肉に齧りつきながら、拓磨がたいして羨ましくなさそうな口調で言った。がやがやとうるさい大衆的な居酒屋。四人掛けのテーブルには所狭しと料理の皿が載っている。

春輝はビールのジョッキをぐいっと傾け、冷たい喉越しを楽しみつつぐびぐびと飲んだ。上等なワインももちろんいいが、このキンキンに冷えた生ビールも大好きだ。春輝はプハーッと息をついて空になったジョッキを置いた。通りすがりの従業員に追加を頼む。大振りの深鉢を手に取り、中身の揚げ出し豆腐をぱくぱくと口に放りこみ、胃に送りこんだ。

土曜日の夜、春輝は友人の拓磨と行きつけの居酒屋で飲み食いしていた。安くて美味い、大衆居酒屋だ。

「高級フレンチのあとは高級寿司だって？　贅沢だな～」

「めちゃくちゃ美味かったよ」

ジェフリーの誘いに乗って星付きのフレンチレストランでたらふく奢られたのは三日前のこと。そして一昨日は昼休憩の直前にオフィスに電話が入り、ランチに誘われた。

『美味いものを食べさせてやる』

という魅力的な誘いに、空腹だった春輝はふらふらと外に出ていってジェフリーに捕獲された。連れていかれたのは回らない時価の寿司屋。午後も仕事があるので酒は飲めなかったが、ランチに回らない寿司なんて贅沢ははじめてで、ものすごく美味しかった。

カウンターにジェフリーと並んで座り、好きなものを注文しろと言われて、最初はリーズナブルなものを頼んだ。ただのカッパ巻きがびっくりするほど美味かった。イカとかタコとかも美味くて、そうなると一般的に高いと言われているものを握ってもらったらどんな感じかなと思ってしまうのが春輝だ。穴子(あなご)だとか甘(あま)エビだとかいろいろと試してしまった。蕩(とろ)けるような美味さに感動する春輝に、寿司屋の大将が機嫌をよくして最終的には頼んでもいないのにバカ高い寿司ネタをじゃんじゃん握ってきた。もちろん全部食べた。夢中になって食べる春輝を、ジェフリーは満足そうに眺めていた。

そして昨日の夜は高級鉄板焼きの店。目の前で分厚い肉がシェフの見事な手さばきでジュウジュウ焼かれる光景は、それだけでエンターテインメントだった。黒毛和牛だけでなくアワビや伊勢(いせ)エビも食べさせてくれて、とても楽しかった。もちろん、ジェフリーが選んだワインも美味しくて、また何本も空にしてしまった。

食事のあとは、やっぱり泊まっているホテルのスカイラウンジに誘われたが、「もうお腹いっぱいでなにも入らない」と断った。ジェフリーは「そうか」と言っただけで、すんなり帰してくれた。店の前でバイバイと別れたが、三日も続けてご馳走してくれた人に対して冷たすぎるかなと思わないでもなかった。

ホテルのラウンジに誘われたからといって、即お持ち帰りを連想するのは自意識過剰かもしれない。いつも春輝がしゃべってばかりだから、ゆっくり酒を飲みながら、ジェフリーの話を聞くくらいはしてもいいのでは、と思ったのだ。

今日は土曜日で会社が休み。夜は拓磨との約束があったが、昼間はなにもない。一人暮らしなので溜まった家事をするくらいだ。もしジェフリーが誘いに来たら、ランチは応じることができるなと思っていたら、なにもなかった。

「春輝、またそいつに誘われたら行くつもりだろ」

「うん、まあね。美味い酒とメシがあるなら行く」

えへへと笑顔で答えると、拓磨が「食い意地はってんなー」と苦笑い。

「下心あるってわかっている男の誘いなんて、怖くないのか?」

「んー、それもなー、最初にホテルのラウンジに場所を変えようって言われたときはビビったけど、本当に俺をどうこうしようなんて思ってたのかな。だって、俺だよ?」

「たしかに色気はない」

「だろ?　もし、万が一にでも、あいつにその気があったとしても、俺、前後不覚になったことないからさ。口説かれても断れば済む話なんじゃない?　強引にコトを進めようとはしないだろ。カッコ悪いことはしない気がする」

春輝は大きめの皿に山盛りになっていた鶏の唐揚げを上から順番に口に入れていく。空の器を拓磨が慣れた動きでテーブルの端に重ね、従業員に片付けてもらっていた。

「その王族、おまえの食べっぷりと飲みっぷりをどう思ったんだろうな。最初は絶対にビビるよ」

「なにも言わなかったよ」

「驚いて言葉をなくしていたんじゃないの？」

「そうかもしれない。でも二度目と三度目の誘いがあったってことは、俺に食べさせる快感に目覚めたのかも。一昨日の寿司屋のとき、俺がばくばく食べるのを笑顔で見るばっかりで、あいつ、自分はぜんぜん食べてなくてさ。腹でも痛いのかって聞いたら、生ものは慣れていないって答えた。寿司が苦手なのに俺に食べさせるために連れていったんだよ。ほら、いるじゃん、動物園や水族館のもぐもぐタイムが大好きな人」

「おまえ、いつの間に飼育されている動物になったんだよ」

拓磨がゲラゲラと笑う。春輝は「たぶん三日前から」と笑いながら答えた。

「動物でもなんでもいいよ。あいつがご機嫌でクソ兄貴たちに告げ口しないでくれるなら」

「すごい特殊な性癖に目覚めちゃったな、そいつ。つぎはなにを食べさせられるんだ？」

「どんと来やがれ。人間の食べ物ならなんでも受けて立つぜ。好き嫌いはないからな。オイルマネーで俺の胃袋を満タンにしてみせろ」

「あははは」

拓磨がまた笑ったところで、春輝の携帯電話がピコンと軽快な電子音を放った。メールの着信だ。テーブルの隅に伏せて置いてあった携帯電話を見てみると、『JEFFREY』と表示されている。

「ええっ？　おまえ、メアドの交換したの？」

「うん、いちいち会社に電話されたら困るからさ」

「なんて書いて寄越したのか、教えろよ」

「ちょっと待て」

メールを開いてみた。英文だ。今日、春輝を食事に誘えなかった理由が書かれている。

「いま京都(きょうと)にいるって」

「へぇ、観光？」

「仕事みたい。えーと、今夜は京都に泊まって、明日東京に戻る。ワインが好きなのはわかったが日本酒は飲むのか、って聞いてる。え、まさか土産に京都の地酒でも買ってきてくれるつもり？　うわマジ？　すげぇ嬉しいんだけど！」

春輝はワクワクしながら、『もちろん好き』と素早く返信した。すると予想通りに『では日本酒を土産に買っていく』と返ってきた。

「ぎゃーっ、嬉しい」

携帯電話にチューしたいくらいに興奮する。その場でジタバタと悶えていたら、拓磨が半笑いで出汁巻き玉子を食べた。

「おまえ、ジェフリーにまんまと胃袋掴まれてんじゃん。マジで大丈夫か？　何度も美味いメシと酒を奢ってもらって、お礼に一晩くらい自由にさせてもいいかなーって、ならないか？」

「えーっ、さすがにそこまでバカじゃないよ。だいたい男とどうこうするって、考えたことないんだけど」

「尻を差し出せって言われたら逃げるとしても、キスくらいならOKなんじゃない？　ファーストキスもまだの童貞じゃないんだし」

「キスかぁ」

春輝は童貞ではない。とはいえ、それほど経験豊富とは言えない。

大学生時代に女の子とは経験した。普通に付き合って、関係が進展したのだ。その子とは卒業前に終わり、社会人になってからは気持ちの余裕がなくて恋愛はしていない。サラリーマン生活も二年目になり、やっとプライベートの充実に思いを馳せるようになってきたところだ。

不本意ながら、春輝は男から言い寄られた経験が何度かある。異母兄の命令で振袖姿になり、政財界の重鎮を座敷で接待したときのことだ。春輝を女装した男と知っていて誘ってくるヒヒジジイが何人もいた。粘ついた目つきと好色そうな笑みが気色悪かった。

もちろん応じたことはない。キスすら、させたことはない。笑って誤魔化したり聞こえなかったふりをしたりして逃げた。異母兄もさすがにそこまで春輝を貶めるつもりはなかったようで、性接待のような真似を強要されたことはない。

ジェフリーからはそうした嫌らしさは感じないのだ。だから、また食事に誘われてもいいと思ってしまっている。ホテルのラウンジで話し相手くらいしてもいいかも、と警戒しなくなっている。隠し方が巧妙でわからないだけだとしたら、ジェフリーは場数を踏んだ恋愛上級者すぎて、春輝には手に負えない。

あの男にキスを迫られる自分、というものを想像してみた。あの青い瞳に熱っぽく見つめられたら、釘付けにされそうだ。力は絶対に強いだろう。春輝よりも二十センチ以上は背が高くて、スーツの上からでも筋肉がっちりなのがわかる。

逞しい腕に抱きしめられて、身動きがとれなくて、唇が――。

「うわぁ、ヤバいって！」

春輝は慌てて妄想を消し去った。心臓がドキドキして顔が熱くなってくる。気色悪くない、どころかドッと羞恥が襲ってきた。これはなんだ、これはなんだ、これはなんだ。

「ヤバいよ、俺。たまに会って美味しい酒とメシを奢ってもらうだけの関係がいい。絶対にそれだけでいい」

落ち着け、と自分に言い聞かせ、メールの返事を作成する。土産は断ろう。どうしても春輝に買って帰りたいと主張されたら、宅配で送ってもらおう。

その旨(むね)を英文でしたためている最中に、向こうからメールが届いた。

『土産を渡したいから、明日の夜に会えないか？』

「明日？」

生鮮食料品ではないのだから、そんなに急がなくても。もしかしたらジェフリーは明日の夜しか空いていないのかもしれないが。

『明日の夜は予定がわからないから、宅配便で送ってもらえないかな？』

春輝はそう聞いてみた。すると『私は日本語が書けない』というわかりきった返事。そんなもの購入した店の従業員に書いてもらえばいい。

『君の予定がわからないなら、私は何時までも待つ』

そんなふうに下手に出られたら、申し訳ないと思ってしまうではないか。

『君の喜ぶ顔が見たい。今日、会食の席で飲んだ日本酒が美味かったから、君への土産として購入しようと思った』

ジェフリーが挙げた銘柄は、老舗酒造会社の幻の酒といわれている、生産量が少なく希少価値の高いものだった。もちろん春輝は飲んだことなどない。

「ぐぬぬぬ……」

酒の誘惑を断ち切るのは、春輝にとって苦痛以外のなにものでもない。苦悩しながらアルファベットを打つ。

『土産を受け取るだけならいいよ』

そんな文面を送ってしまってから、「ああっ、俺ってヤツは！」と自棄気味に生ビールのジョッキを呷る。希少酒の魅力に負けた。

「おまえ、ちょろすぎるんじゃないか？　そのうちキス以上も許しそうだな。酒で失敗するタイプだ」

拓磨に嫌な予言をされて、「怖いからもう言うな」と両手で頭を抱えた。

ところが翌日、春輝はジェフリーとの約束をドタキャンすることになってしまった。

その日の昼間はとくに予定がなかったので、家事を片付けたあと、ひさしぶりに片山流の稽古場に顔を出した。箏の奏者は圧倒的に女性が多く、男性は肩身が狭い。だから春輝が行くと少数派の男性が喜ぶし、女性たちも黄色い声でキャーキャー騒いで歓迎してくれる。片山流という狭い世界限定ではあったが、春輝はアイドル扱いだった。

（ああ、いいよな、このキャーキャー言われる感じ）

春輝はにっこりと爽やかな笑みで女性たちに手を振ったり会釈したりして、つかの間のアイドル体験を楽しむ。

母と暮らしていたころ、自宅に母の生徒たちがしょっちゅう出入りして――そのほとんどが女性だ――春輝はプライバシーを保つのが大変だった。女性たちは春輝を弟のように可愛がってくれたが、親しき仲にも礼儀ありという言葉をどれほど声高にして言いたかったか……。

春輝は家元の伯母に稽古をつけてもらったり、新入りの女の子に指導したりして夕方まで過ごした。そろそろジェフリーとの待ち合わせ場所に移動した方がいいかなと思っていたところ、事件が起きた。

高齢の男性スタッフが倒れたのだ。事務員のその男性は七十代半ばで独身。家族はいない。救急車に同乗し、病院で医師の話を聞くのは家元の結子の役目となった。タイミングが悪いことに、次期家元候補の女性は昨日から東北の実家に帰っていて不在。帰宅は明日の予定らしい。春輝の母の糸子は、今日は都内郊外で出張稽古だ。

「春輝君、お願い、運転手やって」

救急車が到着するまでのあいだに、伯母が春輝に頼んできた。夜には和楽器の演奏会に片山流の若手グループが出演することになっていた。倒れた男性スタッフは、機材を運ぶ車の運転係でもあったのだ。

「それで私の代わりに演奏会の付き添いもしてきて。これが今日のイベントの担当者」

名刺を手の上にポンと置かれる。非常事態だ。男性スタッフの病状も心配だったので、春輝は引き受けた。仕方がない。京都土産の酒は、たった数日で味が落ちることはないだろう。

春輝は動揺する生徒たちに「心配しなくていい」と声をかけて宥め、演奏会に出演予定のグループには「さあ、支度して」と手を叩いて号令を出した。

ワゴン車に箏を積み、奏者の名簿と演目をチェックし、行き先を確認する。バタバタとしている中、春輝は急いでジェフリーにメールを送った。土産の希少酒はほしいが、いまは片山流が最優先だ。

『ごめんなさい。今日は会えなくなった。片山流でトラブル発生。俺が対応にあたることになった。土産の受け渡しは後日』

それだけを英文でなんとか送り、スーツに着替えて——稽古場に一着だけ置いてあってよかった——ワゴン車の運転席に乗りこむ。運転免許は大学時代に取得済みだ。大きな楽器を扱うので、移動は基本的に車になる。運転免許は大袈裟でなく必需品だった。

「さあ、乗って。行くよー」

「はーい」

着物姿になった女の子たちを乗せて、春輝は出発した。

ナビに任せてはじめての会場までなんとかたどり着き、イベントの責任者に挨拶し、楽器を下ろし、音を調整し、女の子たちを励ましてメイクを褒めて——無事に演奏を終えるまで、春輝は緊張しっぱなしだった。

撤収して片山流の稽古場に戻ったときは、ぐったりと応接用のソファに座りこんで立ち上がれないほどに疲れ切っていた。

「ご苦労さまでした」

母親よりも年配の女性スタッフに熱いほうじ茶を淹れてもらい、春輝はのろのろと湯飲みを手にして啜った。熱さが胃に染みる。そういえば夕食を取っていない。腹が減った。

「軽い脳梗塞だったみたいですよ。幸い、命に別状はなくて、体に重度の後遺症もなく、しばらく入院したら帰宅できるそうです」

「……あの人、一人暮らしでしたよね」

「そうなんですよ。でも家元が月曜日になったら区の福祉課に相談に行くって言っていらしたので、たぶん大丈夫じゃないですか。ヘルパーとか、そういうのを手配するそうです」

他人事じゃないわ、と女性スタッフは呟き、「家元からのメール、読みました？」と聞いてきた。

「いや、読んでいない。スマホに触る余裕がなくて、ポケットに入れたままだった」

スーツのポケットから携帯電話を取り出す。メールが何通か届いていた。伯母の『結子』と『JEFFREY』から。まず伯母からのメールを見てみる。

「うわぁ……」

そこには片山流の今週の予定が書きこまれており、どれとどれを春輝に頼みたいか、明記してあった。とりあえず伯母には『わかりました』と返信し、女性スタッフに詳細を聞く。それが済むと、女性スタッフは「じゃあ、お先に失礼します」と帰っていった。すでに時刻は午後十時を回っている。

奏者を務めた女の子たちももう帰ったので、事務所には春輝だけになった。そこでやっとジェフリーのメールを読むことができた。着信時刻は五時間も前だ。春輝がキャンセルのメールを送ってすぐに返事をしてくれたらしい。

『今夜会えないのは残念だ。明日はどうだろうか？』

「俺も京都の希少酒に会いたかったよ。うーん、明日か……明日もダメなんだよなぁ」

春輝はジェフリーへの返事を書いた。返信が遅くなった謝罪と、トラブルの説明。会社以外のプライベートは、とうぶん片山流の用事で埋まってしまうこと。するとすぐに反応があった。

『こんな時間まで奔走していたのか。大変だったようだな。しばらく会えないのは寂しい。土産を渡すのは口実で、私は君に会いたかったから』

「……会いたかったって……やっぱジェフリーって――」

困ったな、とは思うが、気色悪いとは思わない。ヒヒジジイよりルックスが段違いにいいからだろうか。エロを押しつけてこない、飢えた野獣感がないからだろうか。異母兄たちの付属品ではなく、春輝を春輝として扱ってくれるからだろうか。

とうぶん会えない、とはっきりしてしまうと、春輝も寂しさを感じてしまう。

「おい、寂しいってなんだよ。ヤバいよ、それ」

つい自分にツッコミを入れてしまう。しかしいまの感情に名前をつけるなら「寂しい」以外に当てはまるものはなかった。

酒はジェフリーが飲んじゃってもいいよ、と英文を作ろうとして、やめた。もったいなくて悔しい。やっぱりほしい。でもつぎはいつ会えるのか。いつなら会ってもいいと思えるのか。

春輝の重いため息が、静かな事務室にいくつも落ちた。

ジェフリーは携帯電話の画面を見て、行儀悪くチッと舌打ちした。苛立ちも露わにローテーブルに音を立てて足を乗せる。もちろん靴を履いたままだ。ソファに沈むような体勢になってため息をついた。

「どうした、ジェフ。またハルキに振られたのか？」

「振られていない。断られただけだ」

ロバートが茶化してくるのをジェフリーはぶっきらぼうに受け流す。

高層ホテルの窓からは、東京の夕焼けが見えていた。おなじ太陽のはずだが、地中海に沈む夕日とはちがって見える。せっかく日本での滞在期間を延長したのに、ひとつとして自分の思い通りにならないのはなぜだ。

「あいつは私に会いたくないのか？　土産はいらないのか？　酒が好きなんだろう？　カタヤマ流でトラブルがあったのは聞いた。流派のトップがハルキの伯母で、なんらかの役目の代理を頼まれたのもわかっている。だがしかし、それから何日だ？　もう三日だぞ。いったいいつまで忙しいんだ？」

「その伯母がハルキになにも頼まなくなれば忙しくなくなるだろうな。それがいつなのかは、僕にはさっぱり見当がつかない」

それはジェフリーもおなじだ。クソッと携帯電話を放り投げる。分厚い絨毯に受け止められて転がるそれを、ロバートが拾い上げてローテーブルの端に載せてくれた。

春輝のために京都で買い求めた日本酒は、リビングの隅に置いてある。早く春輝に渡したい。きっと大喜びしてくれるだろう。できればその場で飲んでもらって、春輝の笑顔を見たい。

「ああっ、クソッ、またハルキに美味いものを食べさせたいっ」

美味しい、ととびきりの笑顔を見せてくれる春輝。きっと美味しいものを奢ってくれる人には、だれにでもあんな笑顔を振りまいているにちがいない。

自分だけのものにしてしまいたい。春輝が笑顔を向けるのは、自分だけでじゅうぶんだ。いま、この瞬間にも、どこかのだれかに笑顔を見せているかもしれないと想像するだけで、腹の底がぐつぐつと煮えるようだ。

「ロブ、カズオ・ヒガシオオジ氏に連絡を取れ」

現状を変えるためには、これしかない。しかしロバートが眉間に皺を寄せた。

「それだけはしないって言っていなかったか？」

「仕方がないだろう。私が誘っても誘ってもハルキは断り続けるのだから。私には時間がない」

タイムリミットが迫っている。ロバートがスケジュールを調整してくれて帰国を遅らせることはできたが、一週間だけだ。その期限が迫ってきている。あと三日のうちに土産を春輝に渡し、ついでに美味しいものを食べさせて笑顔を引き出したい。そしてつぎに会えたときにまた食事をしようと、約束を取り付けたい。

「ハルキに嫌われても知らんぞ」

「カズオ氏にはハルキの現状を問い合わせるだけだ。カタヤマ流の支援もしていると聞いた。いったいいつ暇ができるのか、ハルキに聞いてもらいたい」

「ジェフはたったそれだけのつもりでも、カズオ氏はそうは思わないだろうな」

「いいから、さっさと連絡を取れ」

ロバートはジェフリーの命令に従い、東大路和雄の第一秘書と連絡を取った。そして和雄本人に繋がった電話を、ジェフリーに手渡してくる。

『ハロー』

和雄が努めて明るい声で挨拶してきた。あまり発音のいい英語ではないが、聞き取れないほどではない。ジェフリーは穏やかな声音でおなじように挨拶を返し、『じつはあなたの末の弟の件で頼みがある』と春輝のことを切り出した。

和雄と電話で話した一時間後には、春輝から『今夜、会おう』というメールが届いた。

ジェフリーは自分が一番格好よく見えるスーツを選び、京都土産の日本酒を四本も入れた重い紙袋をさげて、待ち合わせの日本料理の店へ行った。

店を指定してきたのは春輝だ。古めかしい木製の門と、年代物らしい日本家屋。老舗ホテルの豪華な日本庭園とは趣（おもむき）がちがう、こぢんまりとした庭があり、細い渡り廊下の先にある離れに通された。春輝はまだ来ていない。こうした料理屋に来たのははじめてで、ジェフリーは畳敷きの狭い部屋を物珍しく眺めた。

黒檀（こくたん）の低いテーブルにはなにも載っていない。四角い形の薄いクッションは座布団といって尻に敷くものだと知っていた。京都に行ったときにも畳の部屋に通され、座布団を使った。

隣にも部屋があるらしく、紙を貼った木の板——襖（ふすま）とかいう名称の仕切りだ——で仕切られている。人の気配はない。隣はなんだろう、と開けてみようとしたところ、従業員に案内された春輝がやってきた。

春輝は不機嫌そうに口を歪め、ちらりとジェフリーを見ると部屋に入ってきた。

一言も挨拶がない。やはり異母兄に連絡を取ったことを怒っているようだ。まず謝罪するところから会話をはじめなければならないだろう。そのあとで、なぜジェフリーがそんな手段に出たのか説明したい。

「すぐにお料理をお運びしますね」

年配の女性従業員が日本語でなにか言い、まず日本茶を淹れて湯飲みをテーブルに置いた。

「灰皿、あります？」

春輝も日本語でなにか問いかけた。女性従業員が「はい、どうぞ」とガラス製の灰皿を出したところを見ると、それを所望したようだ。

従業員がいったん部屋から出ていき、二人きりになった。春輝は座布団のひとつに腰を下ろし、あぐらをかいた。スーツのポケットから煙草を取り出し、ジェフリーになんの断りもなく吸いはじめる。口に煙草を運ぶしぐさはイライラとしていて、ジェフリーも不愉快になってきた。

今回ジェフリーが反則を犯したのは事実だ。腹を立てるのは当然だろう。しかし、この態度はあんまりだ。誘いを断り続けたのは春輝の方だし、ジェフリーの事情も察してほしい。

なにか言おうとしたところで、従業員が戻ってきた。大きなトレイにいくつもの小皿が載っていて、それをテーブルに並べはじめる。ビール瓶と栓抜きも。

「何度もお部屋に出入りしないように、ということでしたので、すべてのお料理を持ってまいりました。お茶やビールのお代わりが必要でしたら、そちらの内線電話でお申し付けください。では、ごゆっくりどうぞ」

深々と頭を下げ、従業員は出ていく。ふたたび二人きりになった。

『座ったら？』

突っ立ったままだったジェフリーに、春輝が英語でぶっきらぼうに言った。口から白い煙を吐き、テーブルに肘をついている。睨むような目つきで見上げられていては落ち着かない。ジェフリーは春輝の対面に座った。目の前に並ぶ料理は、どれも目に楽しく、いかにも日本料理といった感じで美味そうだ。けれど春輝は手をつけようとしない。

『空腹ではないのか？』

『……あんたは腹が減っているんだろ？　どうぞ。食べたら？』

春輝は物憂げな顔になって、煙草を吸っている。ジェフリーはムッとしながらも、悪いのは自分だとわかっていたので京都土産の紙袋を春輝の手が届くあたりに置いた。

『キョウトで購入した日本酒だ。メールで伝えたもの以外にも、テイストのちがうものを三本選んでみた。この中に君の気に入るものがあるといいんだが』

春輝は紙袋を一瞥しただけで、『そう……』としか答えない。期待していた笑顔はなく、この場で飲んでくれる雰囲気でもない。思い通りにはならない春輝に、ジェフリーは苛立ってきた。

『ハルキ、怒っているのか？』

我慢できなくなって、そんな問いかけをしてしまった。春輝は煙を吐きながら、フッと苦笑いする。

『怒っていない』

『じゃあ……』

『失望しただけだ』

冷たく吐き出されたセリフに、ジェフリーは言葉を失った。

『まさか、あんたがこんな姑息な手段に出るとは思ってもいなかったからさ』

『ハルキ……私は──』

『俺は忙しいって言ったよな。片山流の緊急事態だって説明した。嘘じゃない。あんたは俺が誘いを断る口実に、そう言っているだけだと思ったんだろ？』

春輝が煙草を灰皿に押しつけて火を消した。

『それで俺の兄に連絡を取った。どうなるかわかっていて、あんたは兄に電話したんだ』

『どうなるかとは？』

『しらばっくれるな。予想していなかったとは言わせない』

春輝はゆらりと立ち上がり、襖を開けた。隣の部屋が視界に入り、ジェフリーは驚愕する。そこには品のない毒々しい模様の赤い布団が敷いてあった。ダブルサイズだろう。枕が二つ並んでいる。ダイニングルームの隣が、まさかベッドルームになっているとは思わなかった。

もしかして、この料理屋はそういう施設なのか、とジェフリーは気付いた。

『メシを食わないなら、先にすることとしようぜ』

春輝がスーツの上着を脱ぎ、無造作にポイと放る。ネクタイの結び目に指を入れて緩めはじめ、ジェフリーは慌てた。

『待ってくれ、ハルキ。私はそんなつもりで今夜、君に会いに来たわけではない。帰国の日が迫ってきたから、土産を渡したくて――』

『ぐだぐだ言い訳しなくていい。あんたの目的は結局コレだろ』

『それは、否定しない。だが、性急に事を運ぶつもりはなかった。私は君を気に入ったんだ。だから近づきたかった。親しくなりたかった。君に好きな酒を飲ませて喜んでもらいたかっただけだ』

『だったらどうして待てなかったんだ！』

春輝がはじめて声を荒げた。怒りのあまりか唇を震わせ、頬が紅潮している。黒い瞳が潤んでいた。

『俺は忙しいって言っただろ！　どうして待っていてくれなかったんだ！　俺はあんたのこと、悪い奴じゃないって思っていたのに！』

『ハルキ、ああ、ハルキ……』

みるみる黒い瞳に涙が満ちてきて、ピンク色の頬にこぼれ落ちる。まさか春輝が泣くなんて。ジェフリーは重大な失敗をしでかしたことを、ここではじめて実感した。

『あんたと個人的に何度も会っていることが、兄に知られてしまった。それだけならまだしも、忙しくてあんたの誘いを断り続けていることまで知られた。片山流の援助を打ち切ると脅されたら、俺は言いなりになるしかない』

ほろほろと落ちていく涙を、春輝がワイシャツの袖でぐいっと拭う。ジェフリーは立ち上がり、おろおろと両手を伸ばした。いまにもくずれてしまいそうな春輝を抱きしめて支えてやりたいと思った。

『……悪かった』

『兄が俺になにを言ったか、わかるか』

『……ハルキ』

『もういい年の大人なんだから、もったいぶらずにさっさと股を開いて気持ちよくさせてこいって命令された』

ジェフリーは愕然として、伸ばした腕を凍りつかせる。

『ほら、来いよ。気持ちよくさせてやれるかどうかはわからないけど、とりあえず性欲処理用の孔にはなってやる。経験がないから、そのへんのことはリードしてくれよ』

涙声で春輝は布団の部屋に入っていき、枕元に置かれた木製のボックスを開けた。

『さすがだな。ちゃんと専用のものが揃ってる。潤滑剤とゴムが一ダース。どれだけの絶倫を想定しているんだか。しかも外国人用のビッグサイズ。笑える』

そう言いながら、春輝は笑っていない。ジェフリーは目眩を覚えた。和雄に電話したことで、

ここまで酷い展開になるとは思っていなかった。これだけはしないでおこう、と最初に決めたことは、やはりしてはいけなかったのだ。

『ハルキ、本当に悪かった。全部私が悪い』

ジェフリーは心からの謝罪の意味で頭を下げた。記憶にあるかぎり、大人になってからここまで丁寧に謝ったことはない。些細なことなら許される立場だし、大きな失敗などしてこなかったからだ。

『こっちにおいで。私はいまここで君とセックスするつもりはない。たしかに私は待つべきだった。君は誘いに応じられない理由をきちんと説明してくれていたのに、焦れてしまった私がいけなかった。すまない』

『いまさら謝っても遅いんだよ！』

春輝が手に持っていたボトルを投げつけてきた。それはジェフリーの胸に当たり、ゴトンと床に落ちる。ラブローションと書かれたそれを、悲しい目で見下ろす。

『あんたは最低の男だ。なにが王族だ！』

喚きながら春輝はまた泣いていた。その泣き顔に、苦しいほど胸が締めつけられて項垂れる。そうだ、自分は最低の男だ。けれど弁解はしておきたい。

『私はカズオ氏に君の体を要求していない。ただ会いたいのでそちらから連絡を取ってくれないかと頼んだだけだ』

『そんなの、性接待を要求したのとおなじだ。現に兄はそう解釈して俺に命令したんだからな。あんたは望みどおり俺に会って土産を渡すことができてそれで満足かもしれないが、ここでなにがあったかなんて当事者にしかわからない。セックスしようがしまいが、関係ない。あとで俺がジェフリーとはなにもなかった、話をしただけだと兄に言っても、信じないだろうさ』

『ハルキ……』

『帰国が迫ってる？　それはよかったな。あんたは国に戻っていままでと変わらない生活を送るだろうが、俺はこれから地獄の生活のはじまりだ。兄は一線を越えた。あの鬼畜の兄が、今後俺になにを命じるようになるか、あんたのその想像力貧困な脳みそでもわかるだろう』

『まさか、そんな……』

しかし、ありえないとは言い切れない。和雄に春輝を守る気がないことくらい、ジェフリーにもわかっている。全身から血の気が引いていった。

ポケットから慌てて携帯電話を出した。

『いますぐカズオ氏に電話をする。君の処遇について私から一言――』

『だからもう遅いって言ってんだよ！』

春輝は布団を蹴散らしながらジェフリーに突進してきて、平手で頬を叩いてきた。あえて避けなかった。左の頬にヒットしたそれは、たいして痛くはなかった。身長差があるために力が入らなかったせいだろう。それよりも心が痛かった。

「あんたなんか大嫌いだ！　とっとと国に帰れ！」

最後に日本語で叫び、春輝は部屋を飛び出していった。

一人残されたジェフリーは、がくりと膝(ひざ)をつき、両手で頭を抱えてしばらく動けなかった。

あとからあとから後悔が押し寄せてくる。笑顔でいさせたい、喜ばせたいと思っていた青年を、あんなに傷つけて泣かせたのはこの自分なのだ。

彼の心を開き、仲良くなりたかったなら急ぐべきではなかった。いったん帰国したあと、準備を整えてからまた日本に来ればよかったのだ。ゆっくりと距離を縮めて、あの子の笑顔を引き出す努力をすればよかった。

けれど悠長に時間をかけているあいだに、だれかに春輝を取られてしまいそうで焦(あせ)ってしまった。それだけ春輝が魅力的だったから。くだらない言い訳にしかならないが。

『なんてことだ』

こんなことになってから、ジェフリーはやっと自分の気持ちに気付いた。

『私は、ハルキを――』

愛してしまったのだ。

もしかしたら、はじめて会ったときから愛していたのかもしれない。

ただの興味本位で近づいただけなら、しつこく何度も誘わなかっただろうし、わざわざ彼の兄に連絡などしなかった。自覚がないままにジェフリーは春輝を追いかけ、なんとかして独占したいとまで思ったのだ。

ここまでだれかに執着したのははじめてで、自分がいったいどういう状態になっているか冷静に受け止めることができていなかった。ロバートに、頭の中は春輝のことでいっぱいなのか、などと言われてもピンときていなかった。どれだけ鈍いのか。

春輝を怒らせた。あんなにも泣くなんて。

『私が泣かせたんだ』

彼の悲痛な叫びが耳に残っている。きっといままで苦労してきたのだろう。春輝なりに異母兄たちと渡り合ってきたにちがいない。それをジェフリーが台無しにした。

きっと許してくれない。二度と会ってくれないかもしれない。

『私は最低だ……』

生まれてはじめてといっていい猛烈な自己嫌悪に陥り、ジェフリーは立ち上がれなかった。

浅い眠りを繰り返し、春輝はなにか音が聞こえたような気がして、うっすらと目を開けた。

見慣れた天井に、見慣れた照明器具がくっついている。照明は消えていたが部屋の中は薄明るい。窓を覆う遮光カーテンが細く開いていて、陽光を入れているからだ。どうやらいまは昼間らしい。時間の感覚がなくなったのはいつだったか。

春輝は三人掛けのソファに寝そべっていた。口の中がネバネバするのは、歯磨きをせずに缶ビールを飲みながら寝てしまったせいだろう。

ピンポーンとインターホンが鳴った。ぼうっとしていたら、またピンポーンと鳴った。だれかが来ているようだ。この音で目が覚めたのかもしれない。なにか通販を頼んだかな、と記憶を探りながら重い体を起こす。

床に散らばった空き缶や雑誌、コンビニ弁当の空き容器などを蹴散らしながら、壁についたモニターを覗きこんだ。そこに思いもかけない人物がうつし出されていて、驚きのあまり目が覚めた。小さな画面の中に、イケメン外国人がいる。ジェフリーだ。

「あいつ、なんで……」

料亭の離れで別れたのは一昨日の夜。あのあと春輝はまっすぐ自宅マンションに戻り、携帯電話をオフにして一人で飲んだくれた。翌朝は珍しく――というかはじめての二日酔いで体調は最悪。職場に電話をして休んだ。金曜日の今日も出勤する気になれずに休んだ。仮病でこんなに休んだのははじめてだ。全部ジェフリーのせいにしている。

しかし、ゆっくりしたおかげで明日の夜には拓磨を呼び出して美味いものでも食べて元気を出し、月曜日に備えようかなと思えるくらいにメンタルは回復してきていた。

和雄からどんな命令が来ても、とりあえずは自分をしっかり保たなければならない。そのうえで冷静に交渉をしよう。ここまではできるが、これ以上はできない、とか。

片山流への援助打ち切りを持ち出されたら、もう結子に相談するしかない。春輝はそこまで自分を犠牲にすることはできなかったし、身売りのような真似をしても伯母や母が喜ぶとは思えなかった。

その困難しか待っていない状況を作り上げた元凶のジェフリーが、なぜ春輝の部屋の前に来ているのか。厚顔にもほどがある。

またピンポーンと鳴った。居留守を使おうと無視していたら、今度は玄関ドアがコツコツコツとノックされた。コツコツコツ、コツコツコツ、コツコツコツ、おまえは啄木鳥かとツッコミたくなるくらいにしつこい。警察に通報するという手もある。不審な外国人が来たとかなんとか。

通報しよう、と春輝はオフにしたままの携帯電話を拾い上げ、電源をオンにした。

「げっ」

通話の着信履歴とメール受信の数が凄まじい。はじめて見る数だ。留守番電話メッセージの数もすごい。

「マジか」

着信履歴のほとんどはジェフリーだったが、三件ほどは和雄だった。もう春輝をヒヒジジイに差し出す算段をして指令を出してきたのか。無視するわけにはいかないが、いますぐ折り返し電話をする気にはならない。

とりあえずは、玄関の外にいるジェフリーだ。これだけ春輝とコンタクトを取ろうとした形跡があったら、警察に通報してもこちらが不利かもしれない。知り合いと連絡が取れなくて心配で——なんてジェフリーに説明されたら、春輝に反論するネタはない。

仕方なく春輝は玄関を開けた。もちろんチェーンをかけたままだ。

『ハルキ!』

細く開いたドアの隙間に、ジェフリーが顔を押しつけてきた。ホッとしたような笑顔で春輝を見下ろしてくる。今日もかっちりしたスーツを身につけたセレブは、薄暗がりの中でごろごろしていた春輝には眩しすぎた。

春輝は一昨日の夜にスーツからスウェットの上下に着替えて以来、シャワーも浴びていない。もちろん顔も洗っていない。鏡を見ていないので確認していないが、きっと髪もくしゃくしゃだろう。でもジェフリーにはもうどんな姿を見られても構わない。機嫌をとる気はなくなった。どうせ数日で国に帰ってしまう、通りすがりの外国人観光客とおなじだ。

『ハルキ、電話にもメールにも応答がないから心配した。会社も休んでいるようだが、体調が悪いのか? ドクターが必要ならすぐに手配しよう』

『あんた、なにしに来たの?』

仕事を休んだ知人を気遣う態(てい)のジェフリーに、春輝は苛ついた。まさかこいつ、自分がしたことを忘れたわけじゃないよな、と。

ジェフリーは表情を改めて、キリッとした。頭を下げて、『申し訳なかった』と謝罪する。

『私の考えなしの言動のせいで、君を傷つけ追い詰めるようなことになってしまった。本当に悪かった。カズオ氏には昨日、直接会って、君の処遇を改善するように求めておいた。もし君の意に染まない要求があったと私が判断した場合、我が国との信頼関係が揺らぐかもしれないと言っておいたので、きっともう大丈夫だ』

『は？　あんた、そんなこと言ったの？』

信じられない。あの異母兄を脅すなんて。

『私は間違っていないと思う。ビジネスは金だけではない、人間としての信頼もおおいに関係しているからだ。私は取引先の人間は、人として尊敬に値する人物であってほしい。カズオ氏にはそう言った。わかってくれたのではないかな』

わかったかどうかは定かではないが、ジェフリーにそこまで言われたら黙るしかないだろう。よかれと思って気を回しいろいろとセッティングをしたのに非難され、和雄はさぞかし腹を立てているはずだ。電話に出ていたら、春輝は怒鳴り散らされていたかもしれない。

それはまあ仕方がないとして、問題はジェフリーだ。

『公私混同っていう言葉、知ってる？　もしかして、あんたの国にはない？』

『もちろん知っている』

『あんたの立場は、大丈夫なのか？　もし兄を本気で怒らせたら、あんたの国に不利益をもたらすことになるかもしれないぞ？』

『そうなったとしたら私が責任を取るだけだ。君は気にしなくていい』

覚悟のうえらしく、ジェフリーは落ち着いた声でそう言った。言葉もなく立ち尽くした春輝に、ジェフリーが紙袋を見せてくる。

『一昨日、これを持って帰ってくれなかっただろう。どうしても渡したくてここまで来た。受け取ってくれないだろうか』

見せつけるようにジェフリーが紙袋から一本取り出した。一升瓶が入っている箱には例の希少酒の商品名が書かれている。その字面だけでもう美味そうだ。

『君のために購入した日本酒だ。受け取ってくれなければ廃棄するしかない。それではあまりにももったいないだろう？』

「うう……」

卑怯な。金持ちのジェフリーなら本当に廃棄してしまいそうで、「もったいない」という言葉が頭をぐるぐると回った。本当に捨てられたら、人に飲まれるために造られた酒がかわいそうだ。それに、めったに手に入らないものなのに。

『……酒だけ、受け取る』

チェーンをいっぱいまで伸ばして紙袋を受け取ろうとしたが、ギリギリ入らない。仕方なくチェーンを外した。するとジェフリーがすかさず体を入れてくる。

「あ、こらっ」

『ハルキ』

長い腕にぎゅうっと抱き竦められた。足が浮くほどにきつく抱きしめられて身動きが取れない。ジェフリーの背後でドアが音をたてて閉じた。

外の世界が遠くなった気がした。密室に二人きりだと意識してしまい、春輝は息苦しさを感じた。ジェフリーの逞しい胸元から、スパイシーな香りが立ち上ってくる。

『ハルキ、ああ、ハルキ』

名前だけを繰り返すジェフリーは、寝癖だらけの春輝の髪に顔を埋めてきた。ずっと風呂に入っていないことを思い出し、臭くないのかなと気になる。

『ハルキ』

こめかみあたりにチュッとキスを落とされて、春輝は「ひえっ」と変な声を上げてしまった。

『なにしてんだよっ。離せよ！』

『ハルキ、私は――』

『苦しいんだよ、デカい図体しやがって！』

『すまない』

ジェフリーが抱擁を解き、真正面からじっと見つめてきた。ふっと笑った青い瞳が甘い。そんな目を向けないでほしい。どうにも落ち着かない気持ちになる。

『スーツ以外の君を見たのははじめてだ。可愛いな。ティーンエイジャーのようだ』

『悪かったな、童顔で』

プイとそっぽを向く。

『酒を置いてとっとと帰れ』

『もうすこし君といっしょにいたい。私は明日には日本を離れなければならないんだ』

『だ、だからなに？　俺には関係ない……』

そう返しながらも、明日には帰国すると聞いてすこし動揺していた。保身せず異母兄を脅してまで春輝を守ろうとしてくれたことや、こうしてわざわざ会いに来て謝ってくれたことから、やはり悪い人ではなかったのだと見直している。

『できれば奥へ入れてほしい。さっそく、日本酒のテイスティングをしないか？　君の好みを知っておきたい。どれが気に入ったか教えてくれ』

『中に、入りたいのか？』

『入りたい』

ジェフリーは微笑みを浮かべながらも一歩も引く様子はない。明日帰国する予定ならば今日しかない。それは春輝もおなじだ。これっきりになりたくない気持ちがあった。

しかしジェフリーを奥に入れても大丈夫だろうか。春輝をどうこうしようと考えているのであれば、受け入れられない。ホテルのラウンジよりも危険度が増し増しのような気がする。

『中に入ってなにをするつもり？』

『日本酒のテイスティングだと言った。それだけだ』

『……変なことは考えていない？』

『君の言う、変なことがなにかわからないが、私は二度とハルキを不快にさせたり怒らせたりしたくないと思っている。君の意に染まないことはしない』

春輝がなにを警戒しているかわかっているくせに、その点はボカしている。けれど怒らせたくないというのは嘘ではないだろう。

『……中は、散らかっているぞ。掃除は苦手なんだ』

パアッとジェフリーの表情が晴れた。

『一人暮らしなんだろう？　多少は散らかるものだ。留学生時代、友達の酷いありさまの下宿を見たことがある。経験があるから大丈夫だ』

『じゃあ、入ってもいいけど、座る場所は自分で作ってくれよ』

『座る場所？』

首を傾げたジェフリーを従えて、春輝はリビングに戻った。薄暗いままだったので壁のスイッチを押し、照明をつける。明るい光に照らされたリビングを見て、ジェフリーが呆然とした。

春輝はそんなジェフリーには構わずに、床に散らばっているゴミを蹴りながらさっきまで寝ていたソファに行った。ローテーブルの上に放置してあったビールの空き缶や菓子の空き袋を手で薙ぎ払って床に落とし、空いたスペースに紙袋を置く。わくわくしながら一升瓶を取り出した。

「わー、すげぇ、美味そう」

四本の瓶を全部並べて眺めるだけでも楽しい。春輝は弾む足取りでキッチンへ行き、グラスを持ってソファに戻る。

「まず、おまえを味見してやろう」

えへへへ、と笑いながら希少酒を手に取り、封を開ける。

『ハルキ、これはいったいどういうことだ』

まだリビングの入り口で棒立ちになっていたジェフリーが声を上げた。

『こんなゴミだらけの部屋で、君は寝起きしているのか？　床が見えていないじゃないか。変な匂いもする。これは掃除が苦手というレベルではない。ゴミで床が見えていないなんて……。とても健康的とは言えない。病気になりそうだ』

『ベッドルームはここよりマシだよ。病気になんてなってないから平気。だから散らかっているって言っただろ。嫌だったら帰れよ』

『……すぐにハウスクリーニングの専門業者に掃除を依頼しよう』

携帯電話を取り出したジェフリーを、春輝は睨んだ。

『やめろ。ここは俺んちだ。なに勝手に業者を呼ぼうとしてんの？』

『だが、このままでは――』

『座る場所は自分で作れって言った。聞いていなかったのか？』

『掃除した方がいい。プロに頼めば早い』

『嫌だよ、他人に部屋の中をうろうろされるのはダメ。俺はさ、片山流の中で育ってきて、いつもお弟子さんやら師範やらが自宅を出入りしていたんだ。つねにだれかがいた。そういうの、子供心に嫌だった。自分のテリトリーが侵されている感じがして、落ち着かなかった。だから就職を機に一人暮らしをはじめたときは、すごく嬉しかったんだ。俺だけの城ができたって』

重い酒瓶を慎重に傾け、グラスに半分ほど注いだ。ふわっと日本酒独特の香りが立ち上る。期待をこめてグラスを口に運んだ。一口でメロメロになりそうな美味さだった。

「わーっ、美味い、なんだこれ、こんなのはじめて飲んだ。すげーっ」

こういう酒を甘露（かんろ）というのだろうか。グラス半分をゆっくりと味わいながら飲み干した。

さてつぎはどの瓶を開けようかなと悩んでいると、『ゴミ袋はどこだ』とジェフリーが聞いてきた。振り向けば、スーツの上着を脱ぎ、ワイシャツの袖を捲（まく）っている。左手首にキラリと光る高級腕時計を外し、ズボンのポケットに突っ込んだ。

『まさか、掃除するつもり？　あんたが？』

『いいから、ゴミ袋を出せ』

なにやら覚悟を決めたような顔をしているジェフリーに、春輝は燃えるゴミ専用の袋を渡した。

『本気?』

『君はそこで飲んでいろ』

『うん、飲むけどさ、ゴミの分別、知ってる?』

『分別?』

春輝はザッとゴミの分け方のレクチャーをした。ジェフリーは真剣に聞き、種類別になったゴミ袋をしげしげと眺める。

ソファで酒を飲む春輝のまわりで、ジェフリーが黙々とゴミを片付けはじめた。ジェフリーが汗をかいていることに気付いたので、途中からエアコンの冷房の設定温度を下げた。

床を覆っていたゴミをすべて片付け、フローリングの拭き掃除まで終えたとき、ジェフリーはぐったりと疲れ切っていた。

『なにか飲み物をもらってもいいか?』

『冷蔵庫に水があるけど、二リットルの大きいペットボトルしかないよ。ちなみにコップは洗わないとない』

春輝がいま使っているグラスが、最後の一個だった。ジェフリーはため息をつきながらキッチンへ入っていき、シンクに山と積まれた汚れた食器の前でしばし立ち尽くした。やがて動きだし、食器を洗いはじめる。皿を一枚でも割ったら尻を蹴っ飛ばしてやろうと思っていたが、そういう音は一度も聞こえてこなかった。意外と器用らしい。

すべてを洗い終えたジェフリーが、冷蔵庫からミネラルウォーターのペットボトルを出した。洗ったばかりのコップに注ぎ、立ったままごくごくと飲み干す。

『こっちに座る?』

春輝が自分の隣を指すと、ジェフリーは『いいのか』と確認してくる。

『いいよ。あんたも飲む?』

水を飲んだコップを片手に歩み寄ってきて、どさりと隣に腰を下ろした。はぁ、と俯いて広い背中を丸くするから、ポンポンと叩いて『お疲れさま～』と労った。

『あんた、掃除上手いじゃん。皿洗いも。王族なんだから、なんでもかんでも使用人にやらせているのかと思ってた』

『オックスフォードに留学したとき、何事も経験だと思って最後の半年間は一般的な学生寮に入った。そのあいだ、自分のことは自分でしていた』

ドヤ顔気味にそんなことを言うものだから、『たった半年?』と混ぜっ返した。

『ゴミだらけの部屋で暮らしている君に言われたくない』

強気で言い返してくるから可愛くない。

『四本のうち、君はどれが気に入ったんだ？』

テーブルに並べた一升瓶を見て、ジェフリーが尋ねてきた。春輝はすでに四本とも味見を済ませていて、すべて封が開いている。

『んー……これかな。希少酒はたしかに美味いけど、好みでいったらこっち。辛口で、後味がすっきりしていて、いい感じ』

『そうか。覚えておく』

真顔で頷いたあと、ジェフリーは携帯電話を取り出して瓶のラベルを撮影した。機会があったらまた買ってきてくれるつもりなのかもしれない。素直に嬉しい。

『あんたにはこれがいいんじゃないかな』

春輝はフルーティな香りがして飲みやすかった一本を、ジェフリーに勧めた。グラスに注ぐと神妙な顔で飲み、ひとつ頷く。

『美味しいな。ところで君はなにを食べているんだ。臭いぞ』

春輝は買い置きのスルメを囓っていた。ジェフリーはちらりとスルメを見て、眉間に皺を寄せる。スルメを知らないらしい。当然か。

『これは干したイカ。美味いよ？』

ほら、と細く裂いたスルメを一本差し出すと、ジェフリーは嫌そうに受け取る。怖々と囓ったあと、青い目を瞬（しばたた）いた。

『……なるほど、海の旨味が凝縮したような味だ』

『これを囓りながら日本酒を飲むと最高なんだ』

『不味くはないが、私はもっとべつのものがほしい』

『なんだよ、べつのものって。チーズとか生ハムとか、チョコレートとか？　そんなもの、俺んちにあると思う？』

『ないか？』

『ないよ』

おかしくてケラケラと笑ったら、ジェフリーもふっと口元を綻ばせる。気持ちよく酔ってきたせいか、春輝は笑いが止まらなくなった。

『ハルキ、私に笑顔を見せてくれるんだな。失態を許してくれたと思っていいか？』

『はぁ？　なに言ってんだよ。まだ許してねぇよ』

もうとっくに許していたが甘やかす気はない。

『やはり君は笑った顔がいいな』

ジェフリーが腰を抱いてきた。ぐっと距離を縮められて左半身が密着状態になる。スパイシーな香りにドキッとした。さっきよりも野性味を感じるのは、動いて汗をかいたせいで香水と体臭が混ざったからだろうか。間近に見る青い瞳に、鼓動が早くなった。慌てて顔を背ける。

『変なことしないって約束だろ』

『変なことはなにもしていない。それに君は不快になっていないだろう？』

『動きにくいんだよ。グラスに酒が注げないじゃないか』

『私がやろう』

ジェフリーが一升瓶を軽々と片手で傾ける。まだ半分以上も中身が入っているから重いはずなのに。

ワイシャツの袖は捲られたままで、腕の筋肉が隆起しているのが見えた。羨ましい。春輝は骨格から華奢で、どれだけトレーニングしても筋骨隆々（きんこつりゅうりゅう）にはなれない体だった。

『あんたさぁ、俺に見せつけてんの？』

『なんのことだ』

『その筋肉だよ。これ、これ』

ジェフリーの腕を掴んで筋肉を揉む（も）む。浅黒い皮膚の下には想像よりずっと柔らかな筋肉があった。見かけ倒しではない、実用的な筋肉だ。ますます悔しい。

『どんなもの食ってどんなトレーニングしたら、こんな腕になるんだ？　俺なんか、ほら、見ろよ。細（ほ）っそ！　腹だって、なかなか割れないし、最近はジムにも行けていないし』

スウェットをめくり上げてジェフリーに腹を見せた。『見せるな』と素早く服を下ろされて腹を仕舞われる。ジェフリーが顔をしかめたものだから、春輝はカチンときた。

『俺の腹なんか見ても面白くないよな、ごめん』

『ちがう、逆だ』

『なにが』

『君は酔うと開放的になるな。気をつけた方がいい。レストランで飲んだときはこんなふうにならなかったから、外だと自制心が働くのか？　それとも、ワインより日本酒の方がタチの悪い酔い方をするのか？』

ぶつぶつと呟いているジェフリーの口に『気にくわないことがあるなら、はっきり言えよ』と文句を言ったら、ため息をつかれた。イラッとしたので、その口にスルメを突っ込んだ。

『やめなさい』

『食べろよ～』

『スルメが美味いのは認める。だが私はこれをつまみにして日本酒を飲めるほど慣れていない』

『俺のスルメが食べられないって言うのかよ～』

『ハルキ、膝の上に乗ってこないでくれ』

無性にジェフリーに絡みたくなって、春輝は唇を尖（とが）らせながら膝に乗り上げた。がっしりとして逞しい体格のジェフリーの膝は頑丈そうで、春輝一人が乗ったからといって潰れる心配はないと思うのだが。

『俺、重い？』

『いや、軽い。君はもうすこし肉をつけた方がいいな』

ジェフリーがスウェットの上から腹や尻を触ってきた。くすぐったい。

「あはははは、やめろよ」

笑いながら悶えていたら、不意に視界がぐるりと回った。気がついたらソファに押し倒されて、ジェフリーの顔が至近距離にあった。眇めた目に男っぽい色気がチラチラしている。ジェフリーの胸元からスパイシーな香りが強く漂ってきた。酒だけでなく、香りにも酔いそうだ。

『ハルキ、キスをしてもいいか』

真顔で聞いてくるから、カーッと顔が熱くなる。

『変なことしないって言った！』

『キスは変なことのうちに入らない』

『ダメ、キスなんかしたらダメだからな。あんた、いつもそんなこと聞いてからするの？カッコ悪いよ』

『いつも聞くわけがないだろう。君だから許可を得たいと思った。さっきも言ったが、もう君の意に染まないことは二度としない』

それは聞いた。つまり、春輝はキスをしたがっている、とジェフリーは思っているということか？　いやいや、そんなはずはない。

『土産の礼としてはどうだ？』

『お礼のキスってこと？』

『触れるだけだ。絶対に舌は入れない』

『……ほんと？』

『私は嘘を言わない』

うーん、と春輝は悩む。食事を何度も奢ってもらった段階でキスくらいなら許してもいいかな、と思っていたこともあり、春輝の気持ちはＯＫに傾いていく。たぶん酔っているせいもあるだろう。細かいことがどうでもよくなっている。

『本当に舌は入れない？』

『誓う』

『……なら、いいよ……』

即座に近づいてきたジェフリーに唇を塞がれた。ちゅ、と音をたてて吸われる。唇がかすかに痺れた。ドキドキしながら青い瞳を見つめる。

『俺、男とキスしたの、はじめてだよ……』

『そうか。どうだった？』

『……嫌じゃない』

『それはよかった』

ジェフリーが優しく微笑み、『もう一度』と唇を寄せてくる。言葉通りに舌を入れようとはせず、ちゅちゅと吸うだけだ。それだけでもまるで魂をすこしずつ吸い出されているような、甘美で背徳的な心地になった。

『ああ、ハルキ……』

ジェフリーが指の背で春輝の頬を撫でる。

『せっかくここまで距離を縮めることができたのに、私は明日、帰国しなければならない』

『つぎはいつ来る?』

『……わからない』

『そっか……』

しばらく二人はくっついたまま黙っていた。ジェフリーは無言で春輝の髪を弄(いじ)っている。好きにさせておいた。密着しているせいでジェフリーの鼓動が響いてくる。それは平常よりも早く打っているように聞こえた。

『あんたに聞いておきたいことがあるんだけど』

ひとつ、確かめたいことがある。春輝が体を起こすと、ジェフリーはすこし離れてくれた。

『なんでも答えよう』

『あんた、バイなの?』

思い切ってジェフリーと間近で視線を合わせる。質問を予想していたのか、ジェフリーに動揺はなかった。

『最初は女装した俺をナンパしてきたんだから、普通に女を好きなんだよね？　でもいま、俺と深い関係になりたいと思っている？』

ジェフリーはすぐには返事をしなかった。頭の中で言葉を選んでいる感じだ。

『現地妻みたいに、日本で手っとり早く性欲発散できる相手を探しているだけなら、俺は不適切だよ。頭が固いから割り切れた関係なんてできそうにないし、なにより初心者だ。あんた、楽しめないと思う』

わりとマジに話したのに、ジェフリーは目を丸くしたあと爆笑した。きょとんとしている春輝を見て、ジェフリーは『君って奴は、もう』と腹を抱えて笑い続けている。

『俺、そんなに面白いこと言った？』

『言ったよ』

肩にジェフリーの腕が回され、あらためて抱き寄せられる。こめかみのあたりに優しくキスをされた。

『君の質問に答えよう。私はバイセクシャルだ。男も女もどちらにも恋愛感情を抱けるし、セックスもできる。だから最初に女装した君を見たとき、なんて美しい人だと目を引かれて声をかけた。そのあと君が男だとわかっても興味はなくならなくて、むしろいったいどういう人なんだと知りたくなった。それで食事に誘った』

『興味……』

『君は面白い。見ていて飽きない。もっと時間を共有したくなる。君のことをもっと知りたくなる。白状すると、ベッドに誘ったらいったいどんな表情を見せてくれるのか、想像したことがある』

『スケベだな』

『男はみんなそうだろ』

ジェフリーは開き直ったようなドヤ顔で肩を竦める。

『けれど、君を性欲処理の相手にしたいなんて思ったことはない。たしかにゆくゆくは深い関係になるのが望みだ。でもいますぐでなくてもいい。まずは君と親交を深めて、信頼し合える関係になりたいと思っている』

『本当かな』

『さっきも言ったが、私は嘘をつかない。友達になりたいんだ』

『あんたの口からfriend（友達）ってワードが出てくるとは思ってもいなかったよ』

春輝はひとつ息をつき、コップを傾ける。セックスの対象にされているとはっきりしたのに、あまり嫌ではない。自覚はなかったが、もうかなり自分の中にジェフリーが入りこんでいるようだ。だからこそ、勝手に異母兄に連絡され、裏切られたような気持ちになって激怒してしまったのだろう。

考えこみながらスルメを口に咥えたら、ジェフリーが嫌そうな顔になった。

『ハルキ、できたら私といるときはそれを食べないでくれないか。さっきのキス、ほのかにスルメの味がした。ムードが台無しだ』

『へーっ、じゃあキスしたくないときはスルメを囓ることにすればいいんだ』

ジェフリーが不機嫌そうに口をへの字に歪めた。それが笑えて、クスクスする。

『可愛くないことを言うと、また塞ぐぞ』

『スルメテイストだけどいいの？』

顔を近づけてくるジェフリーを笑いながら避ける。ソファの上でちょっとした攻防を繰り広げていたら、不意にテーブルに置かれていたジェフリーの携帯電話がブルブルと震えた。ハッとしたように振り返り、ジェフリーが嫌そうにそれを手に取る。

『ロブだ……』

『ロブ？』

『ロバート・オルブライト。私の母方の従兄で、秘書をしてもらっている。そろそろ帰ってこいという指令だ。私がこのままハルキの部屋で一夜を明かさないか、気になって仕方がないんだろう。寝過ごして明日のフライトに間に合わないと面倒だからな』

『本当に明日帰るんだな』

そう尋ねる声が、自分でも意外に思うほど心細そうな感じになってしまった。

『私が帰国してしまうと、寂しいか？』

『そんなこと言ってないだろ』

『そうか？　帰ってほしくないと顔に書いてあるぞ。ハルキ……』

頬を撫でられ、つい目を閉じてしまった。すかさずジェフリーが唇を重ねてくる。ちゅ、と吸われて、切なさがこみ上げてきた。

『まずは友達からはじめるんじゃなかったの？』

『そのつもりだが……』

『友達は唇にキスはしないと思う』

『だから舌は入れていない』

苦笑いしながら、ジェフリーはまたキスしてきた。鼻先が触れ合うほどの至近距離で、『できるだけ近いうちに、また来る』と言った。

『いつとははっきり言えないが、絶対にまた来る。君に会いに』

『ムリしなくていいよ。仕事があるんだろ』

『調整する。また会える日まで、私を忘れないでいてくれ』

『それはどうかな』

こんな強烈な男、忘れられるわけがないのに、春輝はツンと澄まして強気なことを言った。

『俺、忘れっぽいから』

『毎日メールをしよう。返信は強要しない。気が向いたときだけ、一言返してくれれば、それでいい。君と繋がっていたい。忘れられないように努力をする』

黙って聞いていたら切なさがどんどん増してきてしまいそうで、春輝は『また部屋の掃除してくれる?』とふざけた。ジェフリーはしかめっ面になりつつも、『君が望むなら』と頬にキスをしてくる。

『王族のこの私に掃除をさせたのは君がはじめてだ』

『俺にキスをした男は、あんたがはじめてだよ』

『光栄だ』

嬉しそうに笑い、ジェフリーは立ち上がった。腕捲りしていたワイシャツの袖を直し、上着を羽織る。玄関に向かうジェフリーの後ろを、春輝はなんとなくついていった。

今日もピカピカに磨かれている革靴に足を入れたジェフリーは、最後にもう一度春輝を抱きしめてきた。そして唇にちゅ、とキスをする。

『やっぱりスルメの味がする』

渋い表情をするジェフリーが可愛く思えて、春輝は笑った。

春輝の部屋を出たジェフリーは、エレベーターで一階に降りた。それほど高級ではないマン

ションなのでコンシェルジュはいないし警備員もいない。オートロックでもない。日本の中堅企業の会社員の給料ならば、きっとこのくらいの物件が普通なのだろう。

　無人のエントランスを通り抜けて外に出ると、物陰に控えていたらしいボディガードたちがすっと近寄ってきた。それと同時に目の前の道路に黒塗りのセダンが音もなく停まる。

　ボディガードの一人が後部座席のドアを開けた。ジェフリーは無言で乗りこみ、隣のロバートに不服も露わな顔を向ける。

「もうすこしハルキと二人きりの時間を楽しみたかった」

「それはすまない」

「なんとか許してもらえたのに」

「許してくれたのか？　心が広い男だな。逆の立場だったら、おまえは一生かけて恨んでねちねちと嫌がらせをしそうだけどな」

「ロブは私をそういう陰湿で愚かな男だと認識しているのか？」

「利口で大らかな性格だと思われているとでも？」

「……ハルキはお人好しなんだろう……」

「危険レベルのお人好しだ」

　その分析には同意する。実際、ジェフリーは春輝に酷なことをしてしまった。それなのに春輝は部屋に入れてくれたのだ。土産の日本酒の誘惑に負けたのも理由のひとつだろうが、彼本来の包容力やポジティブな思考が大いに働いたにちがいない。それが春輝の魅力のひとつといえる。

「それで、キスのひとつでもできたのか？」

「できた」

「おお、進歩じゃないか」

「しかし舌を入れることは許可されなかった」

ロバートがブッと吹き出して、「本当に？　おまえがそれで引き下がったのか？」とゲラゲラ笑う。ジェフリーは拳でロバートの太腿を叩いた。

「痛い、やめろ、痛いじゃないか」

「笑うな。ハルキは譲歩してくれたんだ。私と今後も会うことを承諾してくれた。距離の縮め方によっては、もっと親密なスキンシップができるようになるかもしれない」

「おまえにしては慎重だな。一時期は、目が合った五分後には押し倒していると評判だったのに」

「いつの話だ。二十歳そこそこの自棄になっているころのことをいまさら持ち出すな。おまえはそもそも誤解している。私はただの性欲の発散としてのセックスなどハルキに求めていない。あの子は癒やしなんだ。そばにいるだけで心が凪ぐ。だから謝罪したし、カズオ氏にフォローもした。一時の快楽を得るためだけの相手が必要なら、とうに高級コールガールをホテルに呼んでいる」

ジェフリーの真剣な様子に、ロバートがひとつ息をつく。

「まあ、そうなんだろうなとは思っていたが、確認しておきたい。ジェフはハルキに対して真剣なんだな？」

「真剣だ」

わかった、とロバートが頷き、真顔になった。

「ならば、今後は逢い引きの場所を慎重に選ぶ必要がある。現在のハルキの住居のようなセキュリティがばがばのチープな建物に、ジェフを通わせるわけにはいかない。それに、ハルキの存在が奴らに知られるのは避けたい」

「奴らになにか動きがあったのか」

「あった」

ロバートがタブレットを操作しながら、説明してくれる。

「保守過激派グループの一部が、国を出ようとして空港で拘束されたというニュースが届いた。搭乗予定の便は日本行き。標的のジェフが日本にいるからだろうな」

「私が滞在予定を延長させてなかなか帰国しないから、日本まで追いかけてくるつもりだったということか？」

「そうかもしれない。だが取り調べはさほど進んでおらず、彼らの計画はまだ判明していない」

「……先行隊がすでに日本に入国している可能性は？」

「可能性は大いにある。日本の警察にはすでに相談した。僕たちが来日してから約二週間たつ。そのあいだアルカン王国から到着した便の乗客名簿を航空会社に提出してもらい、不審人物がいないかどうか調べている最中だ」

「我々は明日帰るんだろう？　調べても意味がないと思うが」

「そのことだが、エクレム長官から提案があった」

エクレムはジェフリーの二番目の兄で、国の警察機構トップという重責を担っている。保守過激派に関する情報はこの二番目の兄からロバートに伝えられていた。

「自国に戻るよりも日本でもうしばらく過ごした方が安全ではないか、とのことだ」

「明日帰らなくてもいいということか？」

「日本の人口の九割以上が日本人だ。外国人がいると目立つ。銃規制も厳しい。過激派がジェフを狙ってこの国にやってきても、自国ほどには自由に動けない。もちろん我々も行動を制限して静かに過ごさなければならないが――おいジェフ、そんなに嬉しそうな顔をするな」

「それは無理だ」

ジェフリーはニヤニヤ笑いが止まらない。数ヶ月単位で春輝に会えなくなると悲愴な覚悟をしていただけに、歓喜の雄叫び(おたけ)びを上げたくなるほどに高揚している。

「我々がこの国にとどまっているあいだに、エクレム長官は保守過激派のテロ計画を探り、事前に阻止するつもりだ。できれば本拠地を叩き、中心人物を特定して逮捕したいんだろう。当然のことだ。王族の一員であるジェフの命を狙っているんだからな」

ロバートは不愉快そうに口を歪め、タブレットに触れて別のページを表示させた。

「ということで、日本滞在がさらに延長された」

「じゃあハルキに——」

「君は愛しい彼と遊びたいだろうが、それは仕事の空き時間にとどめてくれ」

「仕事？」

「この機会に日本の政財界にもっと顔を売ろうと思う。せっかく時間ができたんだ。スケジュールがタイトだからと断っていた会合やパーティにじゃんじゃん出席してアルカン王国をアピールしよう」

張り切っているロバートに、ジェフリーは憂いのため息をついた。

「ロブ、おまえが真面目で仕事熱心なのはわかっている。いままでずいぶんと働いてもらった。だがこれ以上を私は求めていない。せっかく時間ができたのなら、私はハルキと交流を深めたい。私に休暇をくれ」

「僕の働きを正当に評価してくれてありがとう。嬉しいよ。しかし僕の秘めたる能力はこのていどではない。もっともっと発揮していきたいので、よろしく頼む」

「おい、休暇をくれと言ったのが聞こえなかったのか」

「国のために頑張ろうな」

「おまえは英国人だろ」

あはははは、とロバートは笑って誤魔化し、更新されたスケジュール表をジェフリーに見せてくる。春輝に会う暇がまったくないほどではないようだ。さすがにロバートもそこまで鬼畜にはならないか。

「ここと、ここ、ここに時間がある。ハルキの都合を聞いて、もし会えるようなら滞在先のホテルに来てもらえ」

「少ないな。もっと会いたい」

「ジェフ、帰国日が未定になったからといって、おまえを毎日遊ばせておくわけにはいかない。予定を入れたといっても、たいした仕事量じゃないだろ？　このくらいしてくれよ。ハルキだって働いているんだ。かなり真面目な働きぶりみたいだから、おまえがブラブラごろごろしているって知ったら、幻滅されるぞ」

痛いところを突いてくる。ジェフリーがムッとしつつも口を閉じたのを見てか、ロバートはたたみかけるように言ってきた。

「おまえが現在のポストに不満を抱いているのはわかっている。実績がないのに王弟だからというだけで会社を任され、手を抜こうと思ったらいくらでも抜くことができる状況なのも嫌なんだよな。でも、だからってサボっていたらハルキはどう思うだろう。真面目な彼のことだ、ジェフがいい加減な仕事ぶりだと知ったら、軽蔑されるかもしれない。逆に、きちんとCEOとしての仕事をこなしていたら、尊敬してくれるかもしれない」

「おまえ、調子に乗っているな？」

「えー、そうか？」

「ハルキの名前を出せば私が従うと思っているだろう」

「ちがうか？」

ちがわない。そんなふうに言われたら逆らえない。じっとスケジュール表を見つめたあと目を閉じて、春輝の笑顔を思い浮かべた。

彼の信頼を勝ち取るには、失望されていたらダメだろう。ジェフリーはいままで意欲的に仕事をしていなかった。ロバートの言う通り、いい加減だった。CEO失格とまでは陰口を叩かれなかったが、けっして褒められる態度ではなかったことを自覚している。

ジェフリーをCEOに任命したのは王である長兄だ。任命責任を問われることになったら、長兄の本音が聞けるかもというくだらない思惑もあった。いい年をして、子供のように拗ねていたようなものだ。

それを春輝に知られたら――プラスの印象を抱かれないのは確かだ。軽蔑の目で見られることを想像しただけでゾッとする。

いまからでも遅くないだろうか。態度を改め、CEOの業務を真剣に、意欲をもって取り組めば、挽回できるだろうか。もし以前の不真面目な仕事ぶりが春輝の耳に入ったとしても、これから真面目に働けば「心を入れ替えた」という弁解を受け止めてくれるだろうか。

「……わかった、おまえの望むように仕事をしよう。これからはもっと意欲的に取り組むことにする」

ジェフリーがそう宣言すると、ロバートは目を丸くした。スケジュールを入れたのは自分なのに、ジェフリーが受け入れたら驚いている。それほど意外だったのか。

「いいのか?」

「いいと言っている。ハルキに嫌われたくないからな」

「今度ハルキに会ったら拝みたいくらいだ」

「やめろ」

ロバートはどこまで冗談なのかわからないところがある。本当に拝まれたら春輝に不審に思われてしまうので、本気でやめてもらいたい。

「そういえば、例のものが出来上がってきたからホテルの部屋に届けたぞ」

「例のもの?」

「忘れたのか。最新の超薄防弾ベストだ。このあいだ特注で作らせるからと採寸しただろう」

「ああ、そういえば、そんなことがあったな」

「おまえの命を守るものだぞ、忘れるなよ」

ロバートがしかめっ面でため息をつく。そう言われても、採寸したのはもうずいぶんと前だ。

「わざわざ日本に届けさせたのか」

「完成したなら一日も早く使いたいだろうが。明日からさっそく身につけてくれよ」

「面倒だな。防弾ベストなんて。どうせ頭を撃たれたらおしまいだろう」

「頭よりも胴体を撃たれる確率の方が高い。面積が広いからな。とにかく着用してくれ。せっかく作らせたんだ。最新と謳(うた)っているだけあって、本当に薄くて軽いぞ。おまえの臓器を守るためのものだ。このへんにある心臓とか――」

「やめろ、くすぐったい」

「肺とか」

ロバートがふざけてジェフリーの胸の中心を指で突いてきた。

「ロブのぶんは？　当然あるんだろうな」

「僕のベストもある」

「おまえも着用するならいい」

つねにジェフリーのそばにいるロバートもまた、命の危険がある。いつジェフリーのとばっちりがいくかわからない。ロバートのベストもあると聞いて、ジェフリーは安心した。

春輝がきびきびとした動きの若い男性秘書の案内で社長室に入っていくと、そこには呼び出した長兄の和雄だけでなく、次兄の貴司もいた。

大きな窓を背にしてハイバックチェアに座っていた和雄は「来たな」と一言呟いたあと、明治期から代々引き継がれてきたという馬鹿デカいデスクの上に書類を置いて立ち上がった。

貴司はデスクの前に置かれた応接セットのソファに座っている。春輝を見ても、なにも言わなかった。

和雄がソファに腰を下ろしながら、「座れ」と命じてくる。いちいち居丈高に命令する和雄に、いまさら腹を立てることはないが面白くないのは確かだ。春輝は黙って一番ドアに近い下座に座った。

ジェフリーが自宅まで土産を持ってきてくれたのは昨日のこと。今日は片山流の稽古場に顔を出そうと思っていたのに、呼び出しを受けたのだ。休日にスーツを着るのは面倒だったが、仕方がない。東大路グループの本社ビルに入るのに、ラフな普段着ではガードマンに呼び止められて終わりだ。

「まさかこの私が叱責(しっせき)されるとは思わなかった。言外の要望を読んだつもりだったが外れていたらしい。おまえ、いつの間にデニズ殿下を手懐けていたんだ」

いきなり和雄が切り出した。

「デニズ殿下？　だれですか、それ」

「だれ？　昨日、おまえの部屋を訪問した外国人のことだ」

春輝が首を傾げると、眉をひそめて和雄と貴司が顔を見合わせる。

「あの人はジェフリーでしょう。俺にはそう名乗りました。ジェフリー・オルブライトと」

「それは母方の姓での通り名だ。本名はイドリーズ・デニズ・エクシオウル・アルカン。中央アジアにあるアルカン王国の王弟殿下だ」

長ったらしい名前だな、と春輝は感想を抱いた。ジェフリーの方が覚えやすいし呼びやすい。ただの王族ではなく王弟だったとは。異母兄たちが余計な気を回して、料亭の離れを押さえるはずだ。

「デニズ殿下は、かなりおまえを気に入っているようだな。『出自に蟠りがあるのは理解できるが、それに関して春輝本人に責任はない。粗雑に扱うようなら我々の信頼関係が崩れる』というようなことを面と向かって言われた」

和雄が忌々しげなため息をつきながら春輝を睨んでくる。呼び出されたとき、用件はコレだろうなと予想はついていた。二日間も電話を無視していたぶん、黙って話を聞くしかない。ジェフリーはよかれと思って、春輝の処遇について意見してくれたのだから。

「殿下がゲイだという噂は聞いたことがなかった。実際はどうなんだ、おまえをどうしたいんだ？」

「それは知りません」

バイだと本人から聞いたこと、とりあえずは友達になりたいと言われたこと、でもキスしたことなど、異母兄たちに報告するつもりはない。言いたくなかった。酔ってうっかり流された結果でも、あれはジェフリーと二人だけの秘密だ。

「失念していたが、そもそもあの国はイスラム教だろう。同性愛は許されているのか？」

和雄が貴司に尋ねると、「それほど厳格ではない」と答えた。

「国教がイスラム教と決められているわけではなく、国民の九割がムスリム（イスラム教徒）という感じだ。もちろん王族はムスリム。だからか、王族に同性愛者がいるかどうかという話は、聞いたことがないな。だが同性愛が法律で禁じられているわけではないから、見つかっても罰せられることはない。ただ大っぴらにはしないだろう」

「それはそうだ」

「デニズ殿下はオックスフォードに留学した経験がある。ゲイでなくとも考え方が柔軟で、同性との経験があるのかもしれない。殿下本人が、いま春輝をそういう目で見ていないとしても、今後もそうとは限らない」

春輝の前で、兄たちがジェフリーについて話をしている。なんだか不思議な感じがした。

「おまえ、殿下とまだ寝ていないんだな？」

和雄に確認され、まだってなんだよ、と内心ムッとしつつ「寝ていません」と返事をする。

そのうちキス以上も許しそうだ、などという拓磨の予言が頭を掠めた。いままで酒で大きな失敗をしたことはない。それなのにジェフリーの前ではどうも自制心がゆるゆるになってしまうようだ。予言を現実にするつもりはないが、あまり自信はなかった。

「今後、私たちはおまえと殿下の付き合いに関して、口を出さないことにする。だがなにか変化があったり寝たりしたら報告しろ」

「……それは、ちょっと――」

「嫌とは言うな」

和雄に睨まれて、春輝は口を噤んだ。

「これでも譲歩している」

言葉通り、和雄は不服そうだ。一から十まで口出ししたい彼らにしては、そうとうの譲歩なのだろう。ジェフリーを怒らせたくないが、春輝を自由にするつもりはない。

（まあ、正直に報告しなければ死ぬっていうわけでもないし……）

従順な態度で「わかりました」と頷いてみせる。

「おまえはアルカン王国を知っているか」

「いえ……全然。どこにあるのかすら……」

場所はあとで調べろと、貴司が呆れた口調で言いつつ首を振る。

「殿下の本名を知らなかったのなら、あの方が抱える事情も知らないんだろう」

「事情？」

そこで貴司がジェフリーの出自について教えてくれた。意外な話だった。あのいかにも王族といった俺様のジェフリーが、子供時代に苦労していたなんて想像できない。でも苦労を知っているからこそ人間味があるのかもしれない。

「まあでもそれは子供のころの話で、殿下はその優秀さを買われ、ほぼ国営のエネルギー会社のトップを務めている。国王の信頼は厚いようだ。失礼のないようにしろ」

春輝は「はい」と返事をしながら、言うのがちょっと遅かったかも、と心の中だけで呟く。最初のころはもちろん気を遣ったが、すでにずいぶんとジェフリーに対して配慮のない言動をしている。バカとか嫌いとか最低とか暴言を口にしたしローションのボトルを投げつけたし、部屋の掃除もさせた。

絶対に異母兄たちに知られないようにした方がいいなと、春輝は口を噤む。

「いいか、我が国は、アルカン王国から石油と天然ガスを輸入している。中東と米国からの輸入量に比べたら少ないが、大切な貿易相手であることに変わりはない。経済的な繋がりは深く、古くからの友人でもある。デニズ殿下は王位継承権がなくとも王弟だ。親しくするのはいいが、くれぐれも失礼のないように、上手くやれ」

「……それって、上手く取り入れってことですか」

「そうは言っていない。ただ俺たちはもうノータッチだ。頼むから痴情のもつれとかで輸入がストップされる事態にはしてくれるなよ」

ジェフリーはそんなことをしない——とは言い切れない。公私混同を堂々とやってのける男だ。いつかなにかをやらかしたとしても、春輝は責任を負いかねた。だがここでは黙っているしかない。

春輝はふと窓に視線を向け、空を見た。もう彼は飛び立っただろうか。

昨日、帰国予定は今日だと言っていた。見送りに来てほしいという話が出なかったので、春輝は自分から言いださなかった。つぎに会えるのは数ヶ月後と聞くと、寂しさがある。ジェフリーはきっとメールを送ってくるだろう。

「外がどうかしたのか」

春輝の視線に気付いて和雄が窓を振り返る。二人はジェフリーが今日帰国したと知らないのかもしれない。「なんでもないです」と答えて、視線を手元に戻した。

そこで秘書が人数分のコーヒーを運んできた。そっと置かれた白いカップからは、豊かな香りが漂ってくる。ここに来るたびにコーヒーを出されるが、飲んだことはなかった。東大路グループのトップに君臨する兄弟が飲むコーヒーだ。きっと美味いのだろう。

しかし、自他ともに認める食いしん坊の春輝でも、ここで出されたコーヒーを飲みたいと思ったことがない。今回も手を出すことなく、春輝は立ち上がった。

「話が終わったのなら、俺はもう帰ります」

兄たちは優雅なしぐさでコーヒーを飲んでいる。引き留められなかったので、春輝は社長室を出た。ドアの外側で控えていた秘書に会釈して、エレベーターに向かう。

結局、最後まで和雄の口から謝罪の言葉は出てこなかった。いらぬ気を回して春輝の体を差し出そうとしたことは、彼にとって取るに足らない些細な行き違いなのだろう。ジェフリーからの抗議は受け止めても、春輝に悪いことをしたとは思っていない。

土曜日なのにビルでは社員がちらほら働いていた。外に出て、鬱陶しいと思っていたネクタイを解いて丸めながら、なんとなくまた空を見上げてしまった。

アルカン王国はどこにあるのだろうか。中央アジアとは具体的にどのあたり？　トルコ近辺だろうか。日本からどれくらい離れていて、移動時間はどれくらいかかるのか。時差も調べる必要がある。メールだけでもいい。繋がっていたい。

でもまずはなんと書けばいいんだろう？

「元気？　とか、無事に着いた？　とか、かな……」

ジェフリーから届くのを待っていた方がいいのかな。

いろいろと考えながら、春輝は東大路グループのビルから離れて地下鉄の入り口に向かう。午後の早い時間だ。これから部屋に戻って酒を飲むのも自堕落すぎる。どうしよう、稽古場に顔を出すかな——なんて考えていたら、スーツのポケットで携帯電話が震えた。

ジェフリーからメールが届いていた。立ち止まって通路の隅に寄り、メールを開く。

「えっ、マジで？」

そこには、帰国が延期されたので、まだしばらく日本にいると書かれていた。そして滞在中のホテル名が明記され、時間があるなら訪ねてきてほしいとある。

春輝は急いでそのホテルの最寄り駅を検索した。

『帰国するんじゃなかったのかよ』

顔を見るなり春輝が憎まれ口を叩いて、ジェフリーの笑みを誘った。

土曜日なのに春輝はスーツを着ていた。兄たちに呼び出されて東大路グループのオフィスに行っていたらしい。ジェフリーのことで話があったのだろう。

『わー、やっぱりすごい部屋に泊まってんだな』

感嘆の声を上げつつ、春輝がホテルのスイートルームをぐるりと見回した。ジェフリー的にはたいした部屋ではないのだが、春輝には驚きだったようだ。

「リビングルームだけで何畳あるの？　わー、簡易キッチンまである。うおー、こっちはベッドルーム？　デカいベッドだな。えっ、こっちにもベッドルーム？　何人で泊まれるんだよ。ぎゃーっ、なんで風呂場がガラス張り？　トイレから丸見えじゃん」

途中から日本語になっていて、ジェフリーには春輝がなにを言っているのか理解できない。スイートルーム中をくまなく探検しながらの言葉だったので、たぶんいちいち感想を述べているのだろう。

「わお、こっちの部屋は書斎にしてんの？　机の上がずいぶんと散らかってるけど、俺が目にしちゃってもいい書類？　大丈夫？」

デスクの上を指さしながらの質問だったので、日本語でも内容を察することができた。

『すこし調べものをしていただけだ。機密性のある書類じゃない』

『あ、ホントだ。再生可能エネルギー？　ジェフの国、もう石油が枯渇しそうなのか？』

『いや、まだだ。しかし埋蔵量は無尽蔵ではない。いまは国内で石油が出るから火力発電がメインで、電気料金はかなり安い。枯渇したときのために数年前から試験的に風力発電と太陽光発電を運用している』

『へーっ、そうなんだ』

どこの国もいろいろと取り組んでいるんだな、と春輝が呟く。

自分にいまなにができるか、ジェフリーは模索している最中だ。与えられた仕事はもちろんのこと、それ以外にも目を向けて、国のために尽くしたい――。

気持ちを切り替えたのは、ほんの昨日のこと。きっかけは春輝の尊敬を得たいというよこしまなものだったが、一晩あれこれと自分なりに調べて考えているうちに、十代のころ、勉学に励んでいたときの高揚がよみがえってきた。

優秀な成績を出すと父が褒めてくれる。それが学生時代のジェフリーの大きなモチベーションになっていた。父が亡くなり、母が国を去り、孤独の中でゆっくりとジェフリーの心は干からびていったのだ。

お飾りのCEOなど意味がないと捻くれていた。実務に手を出せなくとも、やれることはいくらでもあったのに、目を向けなかった。若手の官僚たちから風力発電と太陽光発電の試験運用の企画書が上がってきたとき、深く考えずにGOサインを出したことくらいが、ジェフリーが自分の意思で行った仕事だ。招待状が届いていた再生可能エネルギーの国際会議には一度も出席したことがないし、新技術の論文など検索しようと思ったこともない。

まだ試験段階ではあるが、浸透圧発電などは非常に興味深い。アルカン王国には山も川も海もある。しかし環境に配慮しなければならない発電方法は、自然との兼ね合いが難しい。

その点、水素を利用した発電方法は無理がない。ただ、こちらは気体である水素を液体化する際に膨大な電力を必要とするため、採算が取れないといわれてきた。だが最近、日本発の冷凍技術が実用間近らしい。

調べてみると興味深いものがいろいろと出てきた。

『なあ、石油が出なくなると輸出するものがなくなっちゃうんじゃないか？　ジェフリーの国って、ほかに外貨を獲得できるものはあるの？』

『とくにない。しいていえば、観光か。海岸は高級リゾート地になっている。だが内陸は手つかずだ。かつてはシルクロードで栄えた土地だから、歴史的に重要な遺跡がいくつもある。観光用に整備されていないので、なんとかしたいと思っている。予算をもぎ取るのは大変そうだが、近い将来のためにいまが大事な時期だろう。長年にわたり化石燃料に依存してきた頭の固い年寄りたちを、どう説得するかが課題だ』

『シルクロード？　いいね、ロマンだ』

『興味があるならぜひ一度来てくれ。私が案内しよう』

『行きたい。行ってみたい。でもまずはパスポートを取らないと』

あはは、と春輝が笑う。

『それでさ、なんで今日はホテルに呼び出し？　どっかのレストランじゃなくて』

『説明するから、座ってくれないか』

リビングへと促すと、春輝は従順に書斎を出てソファに腰を下ろした。ジェフリーはあらかじめ用意しておいたウイスキーをグラスに注ぎ、春輝に渡す。

『いきなりウイスキーなのか？　まだ昼間なんだけど。それに遅めの朝食のあと、兄たちに会っていたから昼食まだなんだけど』

『話が終わったら館内のレストランに行こう。ルームサービスを頼んでもいいぞ。これは日本産のウイスキーだ。軽くて口当たりがよく、食前酒に最適と言われている。試してみろ』

『へーっ、俺は酒が好きだけど詳しくないから、国産ウイスキーなんてほとんど知らなかった。あ、ほんとに美味しい。これ、どこ産？　鳥取（とっとり）？』

春輝がウイスキーの瓶のラベルを見ている姿に、ジェフリーは気持ちを和ませた。やはり春輝は癒やしの効果がある。そこにいるだけでジェフリーの心を穏やかにさせた。

『カズオ氏に私のことをなにか言われたか？』

『うん、言われた。あんたに脅しまぎれのことを言われたの、効果があったみたいだよ。今後、俺たちの付き合いには一切口出ししないって』

『それはありがたい。私も君のこと――つまりプライベートに関することで今後はカズオ氏に連絡を取らないようにしよう』

『そうして。面倒くさいことになるから』

やれやれといった感じでソファに深く座り、春輝はグラスのウイスキーをゆっくりと味わう。

『あ、次兄にも同様にね。あんたが直接関わるのって次兄の貴司の方だろ』

グループトップの和雄氏よりもエネルギー関連事業トップの貴司氏の方が会う機会は多く、フランクに話せる男だという印象がある。だからといって簡単に腹の内が読める人物ではないが。

『それで、メールにあった重要な話って？』

ジェフリーは帰国が延期になった経緯を簡単に説明した。

『平和な日本で暮らしている君には想像できないだろうが、世の中には過激なテロ行為に正義を見出す者たちが少なからずいる。私の母親が英国人であるがゆえに、私が王族の一端に名を連ねることを厭（いと）い、この世から消し去ってしまいたい、なかったことにしたいと考えるのだ』

『テロ……』

『計画が実行に移されないよう、我が国と日本の関係機関が調査してくれている』

『……俺の身近にいる人にそんなことが起こるなんて、信じられないよ……』

すこしぼんやりした表情で春輝が呟く。やはり衝撃的な内容だったようだ。出生にまつわる事情によって悪意や敵意を向けられた経験はあっても、殺意までは向けられたことはないのだろう。当然だ。

『その、過激派の人たちが捕まるか、テロ計画が実行されないとわかるまで、ジェフリーは行動が制限されるってこと？』

『そうだ』

考えこむ顔になって黙った春輝に、そっと近づく。手を握ったら、春輝が視線を上げた。

『私と親しく付き合うのが怖いか？』

『怖い？　どうして？』

『なんらかの形で君に影響があるかもしれない。たとえば、テロに巻きこまれるとか』

『……そこまで考えていなかった』

『もし私との付き合いを控えたいと思うなら、君の安全を最優先して会わないようにしよう』

こんなことを言わなければならないのは非常に辛いことだ。

本音をいえば、会わないなんてとんでもない、さらに親密な関係になりたい。しかし保守過激派の存在を伝えることなく、騙すようなかたちで親しく付き合っていくのは人としての道に外れているとロバートに諭(さと)され、こうしてあるていどの事情を話すことにしたのだ。

『あんたはそれでいいの？』

『いいわけがない』

『だったらそんなまともぶったこと言わなくていいよ』

ふっと春輝が笑う。無理をした笑みではなく、とても自然な笑顔だったので、ジェフリーは虚を突かれたような気持ちになった。まさかここで微笑むとは。

『あんたの事情を、すこしだけ兄から教えてもらった。母親が英国人で、あんたには王位継承権がないとか、冷遇されていたとか』

そのくらいの情報は、アルカン王国と関係がある国の重鎮たちは知っているから驚きはない。

『だから俺の境遇に同情したんじゃないかって、次兄の貴司は分析していたけど、それってどうなの』

『……最初はそうだった。それは認める。自分と重ねて、勝手にシンパシーを感じた』

『ジェフリーっていう名前、本名じゃなかったんだな』

『たしかに戸籍上の名前はちがう。だが、私にとって母がつけてくれた名前は大切なもので、こちらで通すことが多い』

『英国人になりたい？』

『……いや、そうは思っていない。父は立派な王だった。私の体に流れる父の血を否定するつもりはまったくない。誇りに思っている』

『長ったらしい名前だったな。一度聞いただけじゃ覚えられなかった』

『イドリーズ・デニズ・エクシオウル・アルカン』

『ああ、そうだ。兄たちはあんたのことをデニズ殿下と呼んでいた』

『イドリーズというのは父の名だ。古い言葉で予言者という意味がある。我が国では、男児は父や祖父の名をもらうことが多い。デニズというのが私だけの名で、海という意味だ』

『海……。いいね。あんたの国で海っていうと、どこの海？』

『地中海だ』

へぇ、と春輝がどこか遠くを見るまなざしになる。地中海を想像しているのだろうか。

高台の屋敷から眺める地中海の夕日が、脳裏に鮮やかによみがえった。ジェフリーにとって、あの屋敷からの眺めは幸せの象徴であり、大切な思い出だ。

（ハルキにもあの眺めを見せてやりたい――）

ごく自然に、そんな気持ちが湧き起こってきた。

『おまえにもいつか、ここからの夕日を見せたいと言える相手が現れるといいな』

国を発つときロバートが言っていたセリフが思い出される。そのときは、楽観的で夢見がちな従兄に呆れた。ジェフリーは人生に憂いを抱き、将来に希望など持っていなかった。

まさかその数日後に、劇的な出会いが待っているとは想像だにしていなかったのだ。

『ハルキ、いつか本当に私の国に来てくれるか。私が所有する屋敷から眺める地中海は、素晴らしいぞ』

『えー、なにそれ絶対にきれいなヤツだろ。何気に自慢もぶっ込んでくるし』

春輝は行くとも行かないとも明言せず、ケラケラと笑っている。ウイスキーをぐいっと飲み、キラキラした黒い瞳で『俺の名前の意味、教えてやろうか?』と言ってきた。

『春輝っていうのは、春の輝きっていう意味。四月生まれなんだ。でも昔の日本では春って一月から三月のことなんだよなー。四月って夏。ジェフリー、どう思う?』

『きれいな名前だと思う』

『そう?　四月が春でもいい?』

『日本の四季については、私はよくわからない。それよりも、ハルキ、そろそろ私のことをジェフと呼んでくれ』

さらりと何気なく提案したように聞こえただろうか。いささか緊張しながらの発言だったのだが。

『ん？　ジェフって呼んでもいいのか？』

『いい。ぜひ呼んでくれ』

腕を伸ばして春輝の手を掴む。ジェフリーが知る男の手よりずっと華奢だった。けれど女の手ともちがう。この手が弦を弾き、素晴らしい音楽を生むことを、ジェフリーは知っている。

『愛称って、すごく親しい人しか使っちゃいけないんじゃない？』

『私たちはもうじゅうぶん親しくなったと思う。ちがうだろうか』

春輝は目をぐるりと動かして、頷いた。ニコッと笑い、『これからジェフって呼ぶ』と言ってくれた。なんだこの可愛いいきものは。

『ねえ、アルカン王国のこと、教えてよ』

春輝がそんな男心をくすぐるようなことを言うものだから、ジェフリーは意気ごんでタブレットを使い中央アジアの地図を出し、国の位置から簡単な歴史まで、ザッと講義した。春輝はいい生徒だった。うんうんと頷き、ときどき的確な質問をしてくる。

『隣国のシリアはずっと国政が安定していない。そのため国境警備は重要だし、治安維持にはかなりの予算を割いている。国民には兵役が義務付けられていて、十八歳以上の男は三十歳までのあいだに二年間の訓練を受ける。国内にいくつかある訓練地の兵舎で共同生活を送る』

『女性は？』

『女は義務付けられていないが、希望者は受け入れている。だが男とおなじレベルの訓練はしない。主に医療や補給、事務といった後方支援の分野になる』

『兵役免除の特例はあるの？』

『健康に難があったり、障害があったりして医師の意見書が提出されれば免除される。職業で区別はしない』

『職業……。じゃあ、王族はどうなの？』

『王族の男も兵役につく。ただし実際、戦争が起こっても最前線に出る可能性は低いので、実地訓練よりも軍術や軍略の勉強に重きを置く。それに一年間だけだ。兵舎で共同生活を送ることも強制ではないので、だいたいは自宅から通う』

『なにそれ、ずいぶん甘い兵役だな』

『私もそう思うが、仕方がない。ルールを決めるのは王族だ。どうしても自分たちに甘くなる』

『三十歳までに兵役を終えるなら、ジェフはもう済ませているんだろ。いつごろやったの』

『留学を終えて戻ってからだな。私は実地訓練もやってみたかったので、一年半ほど兵役についた』

『へーっ、実地訓練。それって、どんなの？』

『銃火器の扱い方とか、射撃。実践的な接近戦に役立つ格闘術とか。射撃は上手いと教官から褒められたな』

春輝の目がキラリと光った。

『銃が撃てるんだ？　すげぇ、俺なんかサバゲーしか経験ないよ』

『日本から出たことがなければ、そうだろうな。銃規制が厳しくない国へ行けば、射撃訓練はできるだろう』

『ハワイとかグアムへ行けばできるのは知っているけど。やっぱパスポートかー』

それは兄たちに規制されているのか、と問いただしたくなったが言わないでおいた。春輝はとうに成人している年齢だ。血縁の許可がなくとも自分の意思でパスポートは申請できる。そのくらい春輝とて知っているだろう。

『格闘術ってどんなの？　あんたの国、独自のものがあるとか？』

『いや、独自のものではない。教官は他国の退役軍人が多いから、いろいろとミックスされていると聞いた』

『どんな感じ？　やってみせてよ』

春輝が立ち上がり、スーツの上着を脱ぐ。ワイシャツの袖を捲ってやる気になっているから断れない。どうやら春輝は食前酒のつもりで出したウイスキーで酔ってきたようだ。よく見たら、勝手にグラスに継ぎ足してけっこうな量を飲んでいる。

仕方がないので、ジェフリーは軽く春輝の手足を拘束する技を実施してみた。抱きかかえるような体勢になると、春輝の華奢さがありありと感じられ、簡単に骨くらい折ってしまいそうで怖い。痛い思いをさせたくないので力加減には注意を払う。

『わー、すげぇ、マジで動けない。てか、ジェフ、体デカすぎ。プロレスラーかよ』

無邪気に笑う春輝に理性が負けそうになった。そんなつもりはなかったが、密着して鼓動や吐息を感じるとキスしたくなってしまう。

隙をついて一回くらい、と本気で狙いにいったら、春輝が『あのさ』と不意に真顔になった。

ジェフリーの腕の中で上目遣いになってくる。

『な、なんだ？』

『腹が減った。もう我慢できない』

切ない訴えと同時に、春輝の腹がぐぅ〜と鳴った。

結局、春輝が移動するのを面倒くさがり、ルームサービスを頼むことになった。館内のレストランから自由に選択できたので、春輝は中華料理店とイタリアンレストランを選択した。

メニューを見ながらあれもこれもと春輝が望むままにオーダーしたら、スイートルームのダイニングテーブルを、これほどたくさんの皿で埋め尽くした客はいただろうか、というほどの料理が並ぶこととなった。ジェフリーはこの光景だけで胸焼けがしそうになった。

『わーい、いただきまーす』

張り切っておしぼりで手を拭いた春輝は、まず熱々のピザを攻略しにかかった。

ジェフリーだけでなく様子を見に来たロバートも唖然とするほどの食欲を見せて、つぎつぎと皿を空にしていく。それはそれは見事な食べっぷりだった。

ロバートと春輝は初対面になる。ジェフリーが『以前、話した母方の従兄で秘書だ』と簡単に紹介すると、二人はフレンドリーに笑い合って握手した。

ジェフリーとロバートは、春輝の食事風景を面白がりながら眺め、お茶を飲んだ。

春輝は食べ方がきれいなので、すごい勢いで箸と口を動かしていても汚くない。まるで舞いを鑑賞しているような気分になってくるから不思議だ。

『ジェフ、そろそろ支度をしないと』

ロバートに声をかけられて、ジェフリーはいまから予定があることを思い出した。春輝が手をとめて『支度ってなに？』と聞いてくる。

『近くのホテルでパーティがあるんだ。せっかく滞在期間が延長されたんだから、できるだけそうした場には顔を出してもらおうかと思ってね』

明るい口調でロバートが言ってしまう。行きたくない。心からそう思う。だが心を入れ替えて真摯に仕事に取り組むと言ったばかりだ。

『俺はここで食べていてもいいのか？』

『もちろんんだ』

ジェフリーが頷くと、フカヒレの姿煮を口いっぱいに頬張って、春輝は幸せそうな笑顔になる。ジェフリーはぐっと奥歯を噛みしめた。

(クソッタレ!)

下品なスラングは心の中だけにして、無言で立ち上がるとバスルームに行った。シャワーを浴びて手早く髭を剃る。バスローブ姿でダイニングに戻ると、春輝がジェフリーと目が合うなりポッと頬を赤くした。

春輝の前にこんな格好で出たのははじめてだ。もしかして意識してくれているのか、と嬉しくなり、テーブルに近づいた。春輝は視線を逸らし、ますます顔を赤くする。完全に箸が止まっていた。

『ハルキ、一時間で戻ってくるから、ここで待っていてくれるか?』

『……家に帰る。待たない』

目を伏せて、春輝は箸で酢豚の人参を突いている。つれないことを言いながらも、黒髪の間から見えている耳朶が赤くなっていた。触れたくなるような可愛らしさだ。

『待っていてくれると嬉しい。なにか土産を持って帰ってこようか』

『酒?』

パッと春輝が顔を上げた。さっきウイスキーを飲んでいたのに、まだ飲みたいらしい。

『シャンパンなんか、どうだ?』

『いいね。あんまり飲んだことないから、美味しいシャンパンってどんな味なのか知りたい』

『よし、決まった。君はここで私の帰りを待つ。私はパーティの土産にシャンパンを持って帰る。二人で乾杯しよう』

うん、と頷いた春輝の頭を、思わずくしゃりと撫でてしまった。子供扱いされたと憤慨するかと思ったが、春輝は食事の続きに取りかかる。ぜんぜん気にしていないようだ。

ジェフリーはウォークインクローゼットに入りながら指先でロバートを呼んだ。扉をぴたりと閉じてから、ロバートに小声で指示を出す。

『ボディガードを一人、ここに残していきたいから人選をしろ。ハルキが帰りそうになったら引き留める係だ。重要な役目だぞ』

『はいはい』

ロバートが面倒くさそうにため息をつき、クローゼットを出ていった。

タキシードを着用しなければならないほどのパーティではないようなので、派手めのスーツを選んだ。バスローブを脱いでワイシャツを着ながら、鼻歌がこぼれそうになる。

たぶんパーティは面白くもなんともないだろうが、春輝がこの部屋で待っていてくれるとわかっていれば、意欲的に取り組めそうだ。

待たせるだけでなく、今夜、春輝をここに泊めることはできないだろうか。都合の良いことに明日は日曜日だ。シャンパンでさらに酔わせて、甘い言葉で帰りたくない気分にさせてしまえば――。

セックスまでは望まない。抱きしめて、キスをして、寝顔を見てみたい。そして寝起きの様子も楽しみたい。ジェフリーが紳士的な態度を貫き、信頼できる男だと証明できたら、きっと春輝は安心してすべてを預けてくれる。悪く思われていない感触がしているだけに、性急に事を進めないようにしなければ。

スーツを着て全身を鏡にうつす。時計を選び、左手首にはめながらクローゼットを出た。春輝はデザートを攻略中だった。杏仁豆腐の器をすでに二つも空にしている。さすがだ。

『どうだ、今日のスーツは』

テーブルのまわりをモデルよろしく、ぐるりと歩いてみせる。春輝は頬を染めながら、『よく似合っている。クールだよ』と褒めてくれた。抱きしめて顔中にキスの雨を降らしたい衝動に駆られたが、理性を働かせてなんとか我慢した。

しかし、このときにキスのひとつでもしておけばよかったと、あとで後悔することになる。

パーティ会場から急いでホテルに戻ってきたジェフリーは、土産のシャンパンを手に部屋に戻った。移動の車の中で、ホテルに残してきたボディガードから春輝は自宅に帰っていないと連絡を受けている。

『ハルキ、戻ったぞ』

両手を広げてジェフリーを大歓迎、とまではいかなくとも、シャンパンの到着は待っていたのではないかと声をかけながら奥へと入っていく。返事はなかった。

『ハルキ?』

バスルームかな、と耳を澄ました直後に、リビングのソファに丸くなって寝ている春輝を見つけた。ワイシャツとスラックスのままで、まるで猫のように丸くなり、くぅくぅと寝息を立てている。待ちくたびれて眠ってしまったのか。一時間で戻るつもりが、顔見知りに捕まってて長話に付き合わされた。結局、会場を抜け出すのに二時間以上もかかったのだ。移動時間を含めると三時間近くも留守をしたことになる。

軽く揺すっても目覚めないので、仕方なくベッドに運んだ。動かしても目覚める気配はない。

『ハルキ、ハルキ?』

あどけない寝顔は、とても二十代半ばの青年には見えなかった。

無防備な寝顔をしばらく眺めたあと、ジェフリーはウォークインクローゼットでスーツを脱ぎ、下着にローブをまとった姿でベッドに上がった。できれば春輝もナイトウェアに着替えさせてやりたいが、本人の承諾なしに服を脱がせたらマズいだろう。せっかく安心し切った顔で眠ってくれているのに、いらぬ誤解を招いてしまうかもしれない。

二度と春輝を傷つけたくない。悲しませたくない。泣かせたくないのだ。あのときの春輝の泣き顔を、ジェフリーはたぶん一生忘れない。

『おやすみ、ハルキ』

そっと囁いて、ジェフリーは春輝の隣に横たわる。まだ眠気は遠いが、そばにいたかった。春輝の薄く開いた唇から、規則正しい寝息がこぼれている。愛しい、と思う。守ってあげたい、とも思う。

ジェフリーは春輝の穏やかな優しい寝顔を、飽きることなく、夜通し見つめ続けたのだった。

心地よい目覚めだった。春輝はパチッと目を開けて、見慣れない天井をしばし眺める。

（ここどこ？）

疑問に思いながら体を起こすと、春輝はベッドの上にいた。

ベッドしかない殺風景な部屋。窓には分厚い遮光カーテン。ワイシャツとスラックス姿の自分の体にかけられていたのは恐ろしく手触りのいい薄手の毛布。ベッドサイドには品のいい小ぶりなチェストがあり、その上には白い電話機が置かれていた。高級ホテルの一室だ。

（そっか、昨日ジェフに呼ばれてホテルまで来て、たらふく食って飲んで寝ちゃったんだ）

ということは、と自分の横に視線を向ければ、ジェフリーが寝ていた。癖のある黒髪が盛大に乱れていて、閉じた目の睫毛の長さに驚く。素肌にローブを着て寝たらしく、胸元が思いきりはだけていた。えぐれた鎖骨と筋肉で盛り上がった胸が露わになっており、すごい色気を放っている。ムンムンだ。見てはいけないものを見たような気にさせられる。

（昨日のスーツもカッコよかった。スタイルいいから）

おなじ男とは思えないほど、ジェフリーには別格のオーラがある。それが生まれつきのものなのか、男盛りという年齢のせいなのかわからない。ただ春輝は逆立ちしても敵わないということはわかっている。

どうしてこんな別世界の上等な男が、自分なんかに興味を示しているのだろう。その気になればよりどりみどりだろうに。

（別世界すぎて珍しいのかな）

ジェフリーが生きてきた世界に、春輝のような珍獣がいなかったのは間違いない。けれど、面白がられているだけでなく、可能であればセックスまでしたいと言われては困惑する。まずは友達からと性急に体を求めてこないのはありがたいが、あまり甘やかされてしまうとそっちには耐性がないので自分が危うい。

現に一昨日、春輝の部屋でキスされたとき、あまりにも優しい触れ方だったから唇で感じてしまった。うっとりしすぎてグラついた。そんなこと絶対にジェフリーに言えない。

きっと本気になったら駄目なヤツだ。飽きたら捨てられて終わりの世界。キスされてドキドキしている場合じゃない。そもそも春輝はゲイではないはず。

（……よし、こいつは変人ということにしておこう。イケメンなのに残念な男なんだ）

本人が聞いたら怒りそうなふざけた結論を出した。ジェフリーの寝顔を見つめていたら尿意を覚えたのでそっとベッドを下り、トイレに行くためにベッドルームを出た。

リビングの時計を見ると、まだ午前七時だった。今日は日曜日のはず。サラリーマンの性か、いつもの時間に目が覚めたようだ。

トイレで用を足してダブルシンクの広い洗面所で手を洗う。ガラス張りのバスルームを見ていたら、入りたくなった。窓から初夏の陽光が差しこんでいて、ものすごくオシャレな雰囲気だ。こんな高級ホテルのスイートルームで朝っぱらから優雅なバスタイムを楽しむなんて、いい話のネタになりそうだ。

春輝はパパッと全部脱いでバスルームに突撃した。

そして一時間後、春輝は満足してバスルームを出た。高級ホテルのバスルームに置いてあるアメニティもまた一流品だということを知った。バスソルトはとてもいい香りがしたし、シャンプーもコンディショナーも髪がさらさらになって気分がいい。

バスローブを一枚借りて身にまとい、リビングからフロントに電話をかける。スーツとワイシャツ、靴下と下着をまとめてクリーニングに出したい。急いで仕上げてほしいと伝え、ついでにルームサービスも注文する。寝る前にあれだけ食べたのに空腹だった。自分でも不思議に思うくらい、燃費が悪いのだ。

ダイニングで朝からカツ丼を食べていた春輝の前に、ロバートが現れた。セレブの休日っぽい、ちょっとラフなサマージャケットを羽織っている。

『おはよう、ハルキ』

ジェフリーの母方の従兄だそうだが、顔はあまり似ていない。エキゾチックなイケメンのジェフリーとちがい、ロバートは平凡と温厚という言葉が服を着て歩いているような感じだ。茶褐色の髪と瞳はありふれていてモブ感満載のうえ、威圧感はほぼない。

けれど人は見かけがすべてではないことを、春輝は経験から知っていた。ジェフリーの秘書をしているほどなのだ。きっと優秀なのだろう。ただ血縁だからと従兄を秘書にするほど、ジェフリーは愚かではないと思う。

『おはようございます』

『ジェフはまだ寝ている？』

『たぶん』

ロバートはベッドルームに入っていった。丼を空にしたあと、春輝はリビングのソファに俯せ（うつぶ）で寝転び、携帯電話でネットニュースをチェックし、拓磨に朝風呂の感想を送った。

窓のカーテンは全開にしてある。やはり高層階からの眺めは爽快で、自堕落にごろごろして贅沢な時間を楽しんだ。

『ハルキ、おはよう』

ジェフリーがローブ姿でベッドルームから出てきた。『おはよー』と寝転がったまま振り返る。

目が合った瞬間にピタッとジェフリーが立ち止まったものだから、後ろにいたロバートがぶつかった。

『おい、ジェフ』

『最高の眺めだ……』

なにやら不穏な感じで語尾を震わせたジェフリーが、ふらふらとした足取りでソファまで歩いてくる。寝そべっている春輝をじっと見下ろし、いきなり足に触ろうとしてきた。全裸にバスローブを着ているだけなので、裾がはだけてきわどい部分まで剥き出しになっている。いまノーパンだ。気にせずに寛いでいた春輝はギョッとして体を起こし、バスローブの合わせを整えた。

『勝手に触ろうとしないでくれる？』

『剃っているのか？』

『は？』

『すね毛が見当たらなかったが、剃っているのか？』

『剃ってねーよ！』

ムカッとして怒鳴ってしまった。

『人が気にしていることをズケズケと指摘してんじゃねーよ！』

『剃っていないのにそれなのか』

『だからなに感心してんだよ、俺は体毛が薄いの！　男としてそれはどうよと思ってんだから、放っておいてくれる？』

『体毛が薄い？　全身か？』

「ギャーッ」

ギラリと目を光らせて両手を伸ばしてくるジェフリーから、春輝は悲鳴を上げて逃げた。

こんな昼間から素面の状態で、しかもロバートという第三者がいる部屋で体を見せられるほど、春輝はすれていない。

ソファの上を走ってテーブルを飛び越え、ラグの上に着地する。派手なアクションのせいでバスローブの裾がめくり上がり、尻がチラ見えしてしまったことに気付いたのは、振り向いた先でジェフリーが呆然と『おお、ハルキの尻……』と呟いていたからだ。

カーッと体が熱くなるほどの羞恥に見舞われ、春輝は怒鳴ることもできなくなった。傍観者となっているロバートに視線で助けを求めたが、ニコッと微笑みを返されただけ。

そこにピンポーンと呑気な呼び鈴が鳴り響いた。ロバートが即座に動いてスイートルームの玄関ドアまで行った。リビングに残された春輝とジェフリーは妙な緊張感を保ったまま動かなかった。

『ハルキ、クリーニングを頼んだのか？　仕上がってきたぞ』

　ロバートがビニールに包まれた春輝のスーツ一式を持って戻ってきた。ホッとして力が抜けそうになる。春輝は『ありがとう』とそれを全部受け取り、ベッドルームに入った。寝乱れた特大サイズのベッドがあるだけの部屋の隅っこで、丁寧に畳まれていたワイシャツを広げ、下着もビニールから出して、バスローブを脱ぐ。急いで下着を穿いたところでベッドルームのドアが開いた。ジェフリーが堂々と入ってきた。恐ろしく真剣な顔で。

　ドアにロックはかけていなかった。慌てていたし、ササッと服を着て帰るつもりだったから。それにまさかジェフリーがノックもせずに侵入してくるとは思っていなかった。

『ハルキ、まさか帰るつもりか』

『あ、えっと、お世話になりました。一晩、泊めてもらっちゃって……』

『私は帰っていいとは言っていないぞ』

『ちょっ――』

　いきなり抱き上げられた。抵抗する間もなくベッドに下ろされて、上にのし掛かられる。全体重をかけられたら春輝は身動きできない。体格が違いすぎるのだ。しかも相手は手慣れている。的確に手足を押さえつけられて、抵抗なんてできなかった。

　これは貞操の危機なんだろうか。ドアは半開きのままなのに、ロバートが助けに来てくれる気配はない。ジェフリーの好きなようにさせるつもりか。

『おい、ジェフ、離せよっ』

『ハルキ……』

せっぱ詰まったような声で名前を呼ばれ、唇を塞がれた。重ねるだけの可愛いものじゃない。唇を舐められ、吸われ、食いしばっていた歯列を強引に割られて舌をねじ込まれる。

「ん、んーっ」

口腔いっぱいにジェフリーの舌が入ってきた。上顎をぞろりと舐められ、はじめての感覚に思わずギュッと目を閉じる。舌と舌が絡められると、濡れた粘膜の感触が怖くて体が竦んだ。未知の官能の世界に連れていかれそうだ。

ディープキスくらい経験がある。学生時代の彼女とセックスの前戯として何度かした。けれどそのどのキスとも違っていて、ジェフリーが仕掛けてくるそれは息苦しいほどに濃厚で、逃れられない官能に満ちていた。かつて自分と彼女がしていたのは児戯に等しいのだと思い知らされる。

嫌がることはしないんじゃなかったのか、という文句は口に出せないまま消えていく。

唇も舌も、ジェフリーにめちゃくちゃにされる勢いで吸われて噛まれた。痛いほどに嬲られて、けれどすぐにじわりと滲むような快感に取って代わっていく。横たわっているのに酷い目眩に襲われているようだった。

『ハルキ……』

どのくらいキスしていたのか。ジェフリーが顔を離したとき、春輝は頭がボーッとして唇も舌も痺れたように動かなくなっていた。ジェフリーのローブは前がはだけ、素肌が露わになっている。春輝は下着一枚の姿だ。密着した胸から激しい鼓動が響いてくる。

『くっ……』

間近にある整った顔が悩ましげに歪み、目元がほんのりと赤く染まっていた。ジェフリーが上半身だけでなく下半身も重ねてくる。太腿のあたりにゴリッと固くて熱いものが押しつけられた。

ジェフリーの性器だ、とわかったとたん、猛烈な恥ずかしさに襲われた。自分も股間が熱くなっていることに気付いたからだ。男相手に勃起した事実に混乱しながら、これからどうなるのか、なにをされるのか、ここでジェフリーとセックスすることになるのか、一瞬でいろいろなことが頭の中を駆け抜けた。

『キスだけでこれほど高ぶったのははじめてだ』

はぁ、と熱い吐息とともにジェフリーが呟く。青い瞳で切なそうに見つめられ、大きな手が春輝の頬を撫でた。その手は首筋を滑り、肩から胸へと動いていく。指先で乳首をぐっと押し潰されて、「んぅっ」と変な声を出してしまった。

『乳首が感じるのか？』

ちがう、と否定しようとしたが、ジェフリーの唇に乳首を吸われて息を飲むはめになった。ねろねろと舌で乳首を転がされ、じっとしていられないなにかが生まれる。それが快感なんだと教えられた。

「やだ、やめろ」

乳首で感じるなんて嫌すぎる。逃げようとじたばたもがいたが、離してくれない。偶然、右足のすねがジェフリーの股間を押し上げた。喉の奥でジェフリーが呻いたのが胸から伝わってくる。下着の中でさらに勢いを増したことが、足の感触でわかった。

春輝は反撃に出ることにした。一方的に体を嬲られるばかりでは情けないではないか。右足でジェフリーの股間をぐりぐりときつめに擦り上げた。

『ハルキ、なにを……っ』

困惑した様子のジェフリーだが性器は萎えない。むしろますます猛ってきて下着が濡れてきた。不思議なことに、春輝に嫌悪感はなかった。むしろ狼狽えていて可愛いとまで思う。

首を伸ばし、ジェフリーの唇にチュッと吸いついた。青い瞳が真ん丸になる。

『あんたのキス、好きかもしれない』

囁いてみた。その直後、ジェフリーが目を閉じて全身を硬直させた。右足のすねがじわりと濡れたのがわかる。いったのだ。足の刺激と囁きで。

（マジで？）

驚愕の声はなんとか飲みこんだ。ジェフリーはがくりと項垂れ、そのまま動かなくなる。しばらく様子を見たが、本当にぜんぜん動かないので、春輝はそーっとジェフリーの下から

這い出た。それでも彼はぴくりともしない。死んだわけではないだろう。春輝は濡れた右足のすねをシルクのシーツでサッと拭い、超ハイスピードで服を着た。

こそこそとベッドルームを出る。リビングにはロバートがいた。なんとも言えない表情をしている。二人のあいだになにがあったのか、正確に把握しているのかどうかなんて確かめたくなかったので、『お邪魔しましたー』とだけ言って、スイートルームから脱出した。

エレベーターで一階まで降りる。ハイソサエティな雰囲気のフロントとエントランスを抜け、外に出た。真夏の太陽が痛いくらいに照りつける、快晴だった。もう梅雨明けか。

スーツの上着を手に抱え、小走りで地下鉄の出入り口まで行った。ふっと笑いがこみ上げてくる。百戦錬磨らしいセレブの年上男を、右足だけでいかせたのだ。これはきっと武勇伝のひとつになるだろう。案外、ジェフリーは可愛いところがある。

「動かなくなっちゃって」

春輝もびっくりしたが、ジェフリー本人もそうとうショックだったにちがいない。うずくまって固まってしまった姿を思い出すと、笑いをこらえようとしてもクスクスとこぼれてきてしまう。

「く、ははっ！」

我慢できなくなって、春輝はとうとう大笑いした。地下鉄の改札口周辺にいた人たちが、何事かと注目してきていたが、笑いの発作はなかなかおさまらなかった。

どれくらい笑っただろう。壁に向かって笑い続け、やっと止まった。笑いすぎて涙が滲む。それを指で拭いつつ、「あーあ……」とため息が出た。

「……どうすんだよ、こんなの……」

昨夜の酒は一滴も残っていない。完全に素面だ。ジェフリーのことをここまで許して、下着の薄い布越しに体液が滲んできても、汚いと感じなかった。可愛いとすら思ってしまって。酒の失敗なんかじゃない。苛立ちまぎれに改札横の壁を蹴飛ばした。

「好きになっちゃってんじゃん！」

もう手遅れだ。弄ばれて、飽きられてポイだ。そういう未来しか思い描けない。

「芸の肥やしなんて、割り切れねぇよ」

憂鬱な気分で地下鉄に乗り、暗い窓にうつる自分の顔をぼんやり眺めた。

近い将来、泣くことになるんだろう。わかっていても、またジェフリーから連絡があったら、のこのこと出かけていく自分が想像できる。

「ジェフの馬鹿野郎……俺も馬鹿野郎だ……」

走行音にかき消される小声で、春輝は自嘲した。

◇

「おーい、ジェフ。いつまでふて寝しているんだ？　ベッドから出てこいよ」

「……うるさい……」

「いい年して暴発するなんて恥ずかしい気持ちはわかるが、日本に来てから発散していなかったんだ。自覚していた以上に溜まっていたんだろうさ」

ロバートの言葉にはまったく配慮が感じられない。ジェフリーはのそりと体を起こし、きつく睨みつけた。幼馴染みの従兄は余裕で笑っている。

「ハルキは帰っちゃったぞ」

「わかっている。くそっ」

今日は夜に予定しているパーティ（二日連続だ）の時間まで春輝とまったりするつもりだったのに、自分のせいで台無しになった。バスローブ一枚で寛いでいた春輝の姿がいけなかった。扇情的すぎて、興奮してしまった。

きれいな足にそそられて、チラリと見えた白い尻に心が奪われた。一瞬で頭に血が上り、なにがなんでも春輝を自分のものにしたくなった。完全に衝動的だった。ベッドルームに駆けこんだ春輝を追いかけ、このまま帰してなるものか、と獲物に襲いかかる肉食獣さながらに飛びかかったのだ。あれほど紳士的に振る舞おうと決意していたのに。

それでもその気になったものは仕方がない。いままでのジェフリーなら、いったんスイッチが入ったら、まんまと捕えた獲物を逃がすはずもなく、美味しくいただくところだ。春輝はジェフリーのキスに理性を溶かし、陥落寸前になっていた。あとすこしで手中に収めることができたのに――。

まさか春輝より先に、自分が達してしまうとは。

あまりの衝撃に、ジェフリーはしばし茫然自失となった。春輝がベッドから下り、こそこそと服を着て出ていくのを止めることができなかった。

「おまえをただの男にしてしまうハルキという人物は、ある意味、すごいな」

「うるさい」

「とにかくシャワーを浴びてこいよ。それで軽く食事を取ろう。今夜のパーティはヨコハマのホテルだ」

「クソ食らえ」

「ジェフ、紳士は下品な言葉を使わない。あ、紳士は獣のように可愛い子鹿を襲わないし、ムダ撃ちしないか」

「私にケンカを売っているのか」

ジェフリーがベッドから下りようとすると、ロバートは笑いながら視界から去っていった。電話でルームサービスを頼んでいる声が聞こえてくる。

気持ちを切り替えるしかない。シャワーを浴びて暴発の汚れを落としてから、春輝にメールをしよう。まずは乱暴な行為を謝罪し、猛省していることを伝える。そしてまた会ってほしいと下手（したて）に出るのだ。

暴発した件については一切触れない。春輝が揶揄してきたときはどうしようか。

「君が魅力的すぎたとか、君に出会ってからだれともそうした行為には至っていないからだとか、そう正直に言ってもいいかな」

春輝は素直な性格をしているので、こちらも正直に心情を伝えた方がいいだろう。

「よし、そうしよう」

方針が決まったら気持ちがいくぶん軽くなった。ジェフリーはバスルームに行き、ローブと汚れた下着を脱いだ。バスルームの床が濡れていて、使った形跡がある。春輝がバスローブ姿だったのでもしやと思っていたが――。

「どうして私は目が覚めなかったんだ！」

春輝といっしょに起きられていたら、二人で嬉し恥ずかし初バスタイムを迎えることができていたかもしれない。そこまでは無理だとしても、春輝の濡れた髪を乾かしたり、手足にボディローションを塗ったり、水を飲ませたりといった世話ができていたかもしれない。

いまさら悔やんでも時間は巻き戻せない。つぎにチャンスが巡ってきたら、絶対に掴み取ってやるとあらたな決意をした。

過去に関係があった男女に、ジェフリーはそこまで世話をしたことなどない。してやろうという発想すらなかった。むしろ、相手にしてもらうのが当然だった。ジェフリーは王の子として生まれたのだから。

それなのになぜ春輝にだけはなんでもしてやりたいと思うのか。

まさか自分がこんなに世話焼き体質だったとは、知らなかった。驚きの発見だ。

「何事も相手によるということか」

うむ、と頷く。宇宙の真理を手に入れたような気分で、ジェフリーは熱いシャワーを浴びた。


それから何日かはお互いの都合が合わずに、春輝の顔を見ることはかなわなかった。ウィークデイなので春輝は毎日仕事があったし、ジェフリーはここぞとばかりに細々とした仕事を入れてくるロバートのせいで忙しかった。それでも不意に空く時間はある。そういうときは、観光産業や次世代エネルギーについての情報収集をした。

メールだけは欠かさず一日に何度か春輝に送った。朝は「おはよう」と挨拶をし、昼はその日の天気についてやり取りする。夜には就寝前に電話で言葉を交わすのが日課だ。春輝はどうやらジェフリーの声が気に入っているらしい。意識的に口説きっぽい言葉を告げると、「そういう声でそういうことを囁くのはズルい」と照れたような、ちょっとふて腐れたような声で返してくる。可愛い。

明日の土曜日は会えるかもしれない、と浮かれた気分で迎えた金曜日の夕方、ジェフリーは外出からホテルに戻ったとき、フロントマンから封筒をそっと渡された。

『ミスター、これを』

そばにいるロバートに気付かれないよう、てのひらで隠しながら白い封筒を手渡してくる。そのフロントマンとは顔見知りだ。日本での滞在はすでに三週間以上になっており、ホテルの従業員の顔はだいたい覚えた。二十代後半と思われるフロントマンの柔和な表情には欠片も悪意は感じられない。

『片山様から伝言です』

春輝から？　携帯電話を使わずにアナログな手段を使ってきたことに疑問を感じながら、ジェフリーは封筒をスーツのポケットに入れた。

春輝は先週の土曜日、一度だけしかジェフリーの部屋に泊まっていないが、呼び出しに応じてホテルに来たときフロントに名乗っている。いまのところロバートとボディガード以外の訪問者は春輝しかいないため、言付けを受けてくれたのだろう。

『ジェフ、どうした？』

エレベーターの前でロバートが振り返る。なにもなかったように振る舞うのは得意だ。ジェフリーは『なんでもない』と言ってロバートの横に行き、複数のボディガードとともにエレベーターに乗った。

上層階のスイートルームに到着してすぐ、着替えるためにウォークインクローゼットへ入り、一人になったところでポケットから封筒を出す。便箋が二枚入っていた。

肉筆の英文だ。一枚目には、さっきのフロントマンがホテルの代表電話でジェフリーへの伝言を受けたことが短く説明されている。二枚目には、その伝言があった。

『ジェフ、下記のアドレスにメールを送って。大切な話がある。春輝より』

携帯電話ではなくパソコンのアドレスのようだ。なにか理由があるのだろう。春輝からの要請にジェフリーが応えないわけがない。

すぐに携帯電話を取り出し、メールを作成した。いつものアドレスとは違う英数字の羅列を宛先に打ちこみ、『ハルキ、どうした？』とメールを送ってみる。数秒で返信が届いた。

『ジェフ、伝言を受け取ってくれたんだね。ありがとう。このアドレスは会社のパソコンのものなんだ。携帯電話はうっかり落としてしまって故障した。現在修理中。春輝』

今日は金曜日なのに、まだ会社にいるらしい。現在の時刻は午後八時。雑談の中で春輝の会社の話を聞くかぎり、日本のサラリーマンは定時での帰宅の方が珍しいようだ。

『まだ仕事をしているのか？　無理をせず、もう帰った方がいい』

『そろそろ帰るよ。心配してくれてありがとう』

春輝の返事はずいぶんと殊勝な印象を受けた。いつもならここで『偉そうに指図するなよ』とかなんとか返してくる。もしかして具合でも悪いのではないだろうか。体調が悪くなると、人はだれもが弱気になるものだ。

そう尋ねようとしたら、春輝から長文のメールが届いた。

『ジェフ、会えないあいだにいろいろと考えた。電話では話せない、俺の本心を伝えたい。今夜何時になってもいいからホテルを抜け出して、一人で俺の部屋まで来てくれないか。ジェフとの会話はすべて隣室で秘書とボディガードが聞いているのだろう？　大切な話だからだれにも聞かれたくない。一人で、こっそり会いに来てほしい。無理なら諦める』

会いに来てほしいなんて言ってもらったのははじめてだ。ジェフリーは心が躍った。

『無理ではない。かならず行くから、待っていてくれ』

春輝の本心――。だれにも聞かれたくないなんて、期待せずにはいられない。もしジェフリーとおなじ気持ちで、春輝が許してくれるなら、深い関係になれるかもしれない。

『ジェフ、どうした？　まだ着替えていないのか？』

ロバートがウォークインクローゼットの扉を開けて声をかけてきた。ジェフリーは慌てて封筒と便箋をポケットに突っこむ。

『夕食はルームサービスを頼むんだろう？』

『いや、気が変わった。館内のどこかの店まで食べに行こう』

『それは構わないが……』

スーツのままリビングに戻り、ロバートを促してスイートルームを出る。

ロバートやボディガードからこっそり離れてホテルを出るには、食事中に抜け出すのが一番成功率が高い。今夜は何料理の店にするか、とロバートと話しながらエレベーターへ向かう。ボディガードは二人ついてきた。館内の移動時はこんなものだ。外出時は七、八人に増える。どの店が抜け出しやすいだろうか。ジェフリーは雑談しているふりをしながら頭をフル回転させた。

◇

「暴発？　オイルダラーのイケメンセレブが？」

目を丸くしたあと拓磨はブッと吹き出し、居酒屋のテーブルを叩きながら爆笑した。どっしりとした頑丈な造りのテーブルでなければ、上に載っている皿がひっくり返りグラスは倒れてウーロンハイをまき散らしていたことだろう。

いつもの居酒屋で拓磨と飲んでいた。

「おいおい、なんでそういう面白いネタをすぐに教えないんだよ。それ日曜日の話なんだろ。なんで今日まで黙ってた？」

「そうやって笑うってわかっていたからだよ。ほら」

春輝はおしぼりを差し出した。受け取った拓磨はおしぼりで口元と手元を拭いている。爆笑した拍子に手から箸を落とし、挟んでいた鮪（まぐろ）の刺身についていた醤油が飛び散ったからだ。

「そいつってさぁ――」

「ジェフだ」

「そのジェフっていくつ？　いい年のオッサンなんだろ。暴発って、どれだけ溜まってたの。ていうか、どれだけ春輝としたかったの」

「ジェフは三十六歳。溜まっていたのは事実だろうが、オッサンじゃない」

「うん、まあ……映像を見る限りオッサンではないな。でも年齢はオッサンだろ。やりたい盛りの高校生じゃあるまいし」

　拓磨はニュース映像を検索してジェフリーの姿を見たそうだ。

「三十六の男盛りのイケメンが、異国で知り合った東洋人とやれなくて溜まりに溜まっちゃってキスだけで暴発かぁ。かわいそうっちゃかわいそうだよな。しかし、キスねぇ……。どんだけ濃厚なディープキスすればイケちゃうわけ？　そうとう濃いヤツをぶちかましたんだろ。おまえ、とうとう沼に片足突っこんだな」

　春輝は顔を上げていられなくなってきて、俯いた。テーブルに顔がつきそうだ。

「大食い大酒飲みのおまえが、今日はぜんぜん飲んでいないし箸も進んでいない。二十代半ばにもなって恋煩いか？　こっちも思春期で大変だ」

「茶化すなよ」

「寒すぎるシチュに、茶化す以外のどんな対応をすればいいんだ？」

あーあ、と拓磨はため息をついてウーロンハイをぐびりと飲んだ。

「いいじゃん、好きになっちゃったんだろ。彼の胸に飛びこめば？」

「他人事だと思って軽く言うな」

「だって他人事だもん。おまえの親友を自認してはいるけど、心の在り方をどうこうしようなんて思っていない。俺はあくまでも見守るタイプ。こっちの水は酸っぱいぞ、あっちの水の方が甘いぞ、なんて忠告したいわけじゃない。そんなことくらい、おまえももう大人なんだからわかってるはずだし」

言葉だけなら突き放しているように受け取れるが、拓磨の目は優しかった。優しすぎて、泣きたくなってくる。

「きっぱり拒絶できたら楽だと思う……。でも、できない」

春輝は心情を吐露（とろ）し、今夜も会おうと思えば会えたことを話した。拓磨と飲む約束をしたのは昨日の夜だ。ジェフリーに会いに行くかどうか、さんざん悩んで、こっちを取った。ホテルの部屋で二人きりになるのが怖かったのだ。

「そんなに好きになっちゃったんだ？」

ううう、と春輝は呻いて耳まで赤くなった。

「出会ってからまだ一ヶ月もたっていないのに？　外国人なのに？　日本に住んでいるわけでもないのに？」

「だれしもが条件で人を好きになったり嫌いになったりするわけじゃないだろ」

「そりゃそうだ」

拓磨が悟りを開いたような表情で、うんうんと頷いている。

「もう限界なんだ。口説かれてうっとりさせられて、もういつ一線を越えることになるかわからないところまで来ている。つぎに会ったら終わりだと思う」

「一度やっちゃえば、なにかわかるかもしれないぞ」

「なにがわかるんだよ」

「やっぱり男は無理とか、気持ちよくなかったから二度とセックスはしたくないとか」

「そんなわけないだろ。絶対に気持ちよくさせられてヤバいドラッグみたいに何度もほしがるようになるに決まってんだよ。あっちは百戦錬磨だぞ。超絶テクの持ち主に決まってんだ。メロメロにされる。でもあいつはそのうち国に帰っちゃう。あいつのいない生活に耐えられなくなったらどうすんだよ！」

春輝が両手で頭を抱えると、拓磨が笑った。そのあとで、「うるさくして、すみません」とだれかに謝罪している。ハッと顔を上げると、隣のテーブルの会社帰りと思われる男たちが、気まずそうにこちらを見ていた。当然だが、会話が丸聞こえだったのだろう。春輝は羞恥のあまり即座に気を失いたいと思った。

「出よう」

拓磨が促してくれてホッとした。会計を済ませ、二人で肩を並べて地下鉄の入り口までゆっくり歩く。ほとんど食べていなかったが、なぜか空腹は感じなかった。

「流れに逆らわずに、身を任せてみるのもいいと思うけど」

「……無責任なこと言うな」

「責任はとる。失恋したら心をこめて慰めてやるよ。ただし体は慰められない」

笑えない冗談を言う拓磨を、無言で叩いた。

「とりあえず、おまえんちで飲み直そうぜ。飲み足りない」

「ごめん……」

いつもならもっとダラダラと飲みながらおしゃべりを楽しむのだが、今夜は春輝のせいで早く居酒屋を出てしまった。

地下鉄に乗り、自宅マンションの最寄り駅で降りたあと、途中のコンビニエンスストアでアルコール類とツマミをたくさん買いこんだ。二人ともエコバッグなんてものを常備している性格ではないので、コンビニエンスストアのビニール袋に入れてもらう。分けて持ち、二人でのろのろと歩いた。

「しかし、人生なにがあるかわからないもんだなぁ」

「拓磨が人生を語るなよ」

「えー、なんで俺が人生を語っちゃダメなんだ？　俺だっていろいろ考えながら生きているんだぜ」

「ああそうだな、オケラだってアメンボだってみんな生きているんだもんな」

「ミミズも生きているぞ」

春輝の自宅マンションがあるあたりは賃貸アパートやマンションが多く建つエリアで、歩道や街灯がきちんと整備されているので歩きやすい。くだらないことを言いながら、自宅マンションが街路樹の向こうに見えてきたときだった。建物の前に停まったタクシーから、長身の男が降りてきた。

エントランスの照明に浮かび上がったスーツの姿は——。

「ジェフ！」

びっくりして名前を呼んだ。ジェフリーは春輝に向かって右手を上げる。

『ハルキ！』

「どうしてここに……」

戸惑いながらも駆け寄ろうとしたときだった。キキーッと車のタイヤが軋む音がしたと思ったら、一台の黒っぽいワンボックスカーがジェフリーのいるあたりの歩道に勢いよく乗り上げた。

「ジェフ！」

轢かれる、と悲鳴を上げかけた春輝だが、その車は急停止した。スライドドアが開くやいなや、覆面をした黒ずくめの人間がバラバラと降りてくる。屈強な体つきからして、黒ずくめの人間たちは全員が男だろう。彼らはジェフリーをあっという間に取り囲んだ。腕を掴んで拘束しようとしている。

『おまえたち、何者だ？』

ジェフリーが抵抗して『離せ！』と一人を殴ったが、男たちはだれも怯（ひる）まない。それに多勢に無勢だ。

「こらーっ、おまえら、ジェフをどうする気だ！」

春輝は駆けだした。以前、話に聞いたテロ集団のことなど頭から吹っ飛んでいる。手に持っていたコンビニエンスストアの袋を振り回し、男たちの頭にぶち当てた。袋の中身は缶入りのアルコール飲料。かなりの痛手を与えることに成功したようだったが、やはり多勢に無勢。

『ハルキ、逃げろ！　私に構うな！』

両腕をそれぞれ男たちに掴まれて動きを封じられたジェフリーが必死の形相で叫んできたが、そんなことできるわけがない。ジェフリーを助けようと、さらに袋で殴った。

『ジェフ、ジェフ！』

『ハルキ！』

ジェフリーは三人がかりで車に乗せられそうになっており、春輝は必死になって追いすがった。男たちのだれかがチッと舌打ちした。そして理解できない言語を口走る。日本語でも英語

でもなかった。意味がわからなくてキョトンとしたところ、

「うわぁっ」

背後にいた男の一人がいとも簡単に春輝の体をひょいと持ち上げる。そのまま道に放り捨てられそうになったので腕にしがみつき、ついでに覆面からはみ出た髪をギューッと引っ張ってやった。「Oh!」とか叫んだあと、男が腹を殴ってきた。ぐっ、と息が詰まる。居酒屋で腹一杯に食べていたら確実に吐いていただろう。

自慢ではないが、春輝はもともと暴力とは無縁の生活を送っていたタイプだ。腹なんて殴られたことがない。驚きと痛みのあまり全身から力が抜けた隙に、手からコンビニエンスストアの袋をもぎ取られた。覆面の男はそれを歩道に投げ捨てる。あっ、とそれを目で追ったと同時に、後頭部にガツンと重い衝撃を受けた。視界がグニャリと歪む。

『やめろ、その子に手を出すな!』

ジェフリーが怒鳴ったのが聞こえた。それからジェフリーが英語ではない言語で男たちになにか言う。意識を失いかけた春輝の体が、歩道ではなく車の中に投げられた。座席で背中を打ちつつも、なんとか起き上がろうとしたが腕や足に力が入らない。

『ハルキ、動くな。そのまま』

ジェフリーの声とともに体が優しく抱き上げられた。嗅ぎ慣れた匂いと上質なスーツの生地に包みこまれる。男性用香水と体臭が混じった匂い。ジェフリーだ。ぎゅっと抱きしめられて、

春輝はただここにジェフリーがいることだけに安心してしまい、ふっと意識を失った。

◇

腕の中で春輝の体がくたりと力を失う。呼吸と脈に異常は感じられない。気を失っただけだと思うが、ジェフリーは心配だった。

春輝を膝の上に乗せてしっかり抱きこむと、男たちは全員が車に乗りこんできた。ぎゅうぎゅう詰めで発進する。しばらくして男たちは覆面を脱いだ。想像通り、全員が日本人ではない顔立ちをしている。

車は日本国内で手に入れたものだろう。右ハンドルのAT車。フロントウインドウ以外の窓には濃い色のフィルムが貼られているだけで、ほかはごく普通の仕様だ。ジェフリーは冷静に観察した。

荒っぽい拉致だったにも関わらず、ジェフリーは目隠しどころか両手両足は一切拘束されていない。それにこの男たちは銃器を携帯していないようだった。春輝を殴ったのは警棒のようなものだ。

（保守過激派にしては、おかしいな……）

ジェフリーの命を奪うことが目的なら、拉致するよりも、あの場で撃ち殺してしまった方が早かったはず。それに覆面を外してジェフリーに素顔を晒した。それはなぜか。

理由は、二通り考えられる。ひとつは、どうせジェフリーは生かしておかないのだから顔を見られても構わない、という理由だ。プラス、覆面の男たちが何人も乗っていたら、見かけた日本人から不審に思われて通報されかねない。深夜というほどの時間ではないのですれ違う車は多いし、日本の道路は街灯が明るくて通行人からも車内の様子が見て取れる。

もうひとつは、この男たちは保守過激派ではない——という可能性。この場合、拉致の目的が不明だ。交渉しだいでは無傷で帰してくれるかもしれないし、殺されるかもしれない。

どちらにしろ、春輝を巻き添えにしてしまったのは最悪だった。目の前で春輝が殴られたのだ。自分が殴られるよりも痛かった。

（逃げてくれればよかったんだが……無理か）

春輝の性格からして、あんな暴力的な場面を目撃したら助けるために駆けつけるに決まっている。襲われているのがジェフリーでなかったとしても、春輝は渦中に飛びこんだにちがいない。男たちは春輝を殴るときに手加減しているように見えた。腹は大丈夫だろうが、頭は打ち所が悪かったら命に関わるかもしれない。できればすぐに病院へ運びこんで精密検査を受けさせたい。そんなことを男たちは許さないだろうが。

（ただの軽い脳震盪であってくれればいい）

祈るような気持ちで春輝の形のいい頭を見下ろす。

手指にケガはないようだ。勇ましく男たちに立ち向かってくれた春輝だが、自分が演奏者だという自覚はないのだろうか。万が一、手指に酷いケガを負ってしまったら、箏が弾けなくなるかもしれないのに。

無鉄砲で——けれどまっすぐな心根の春輝が愛しい。

そういえば、春輝は一人ではなかった。後ろに背格好が似た若い男がいたようだ。あれがもしかしたら、一番親しいという子供時代からの友人の川口拓磨だろうか。

（彼は賢かったな。無理に春輝を止めようとせず、離れたところで踏みとどまってくれた）

視界の隅で、拓磨が携帯電話を操作している様子が見えていた。きっと警察に通報してくれただろう。この車のナンバーを記憶してくれていれば探しやすいし、春輝からジェフリーの素性を聞いていたなら大使館を通じてロバートにも連絡が行く。

それに、ジェフリーの靴には万が一のときのために発信器が取り付けてあった。

（きっと対策を講じてくれる）

ロバートは有能な男だ。彼と日本の警察を信じて助けを待とう。

それにしても、この男たちは、どうしてあんなところでジェフリーを襲ったのか。一人になる機会を狙っていたにしては、タイミングがよすぎた。

（まさか、ホテルのフロントから受け取った伝言は、春輝からのものではなかったのか？）

それが正解のような気がしてきた。さっき春輝は拓磨と思われる人物といっしょに帰宅してきていた。話があるとジェフリーを呼びつけたのなら、友人なんて連れ帰らないはず。そもそもあたらしいメールアドレスでのやり取りには、違和感があった。いつもの春輝とは単語の選び方や言い回しがちがっているような気がしたのだ。

どうしてその違和感を掘り下げなかったのだろうか。携帯電話が故障したという言葉をなぜ信じてしまったのか。一度でもいままでのアドレスにメールを送るなり電話をかけるなりしていたら、すぐに伝言が偽物だと判明していたかもしれない。

（完全に私のミスだ……）

舞い上がってしまったのだ。『会いに来てほしい』という言葉に、思春期の少年のように胸を躍らせ、冷静な判断ができなくなっていた。それほど嬉しかったのだ。

（ハルキ……）

抱きしめる腕に力をこめる。春輝には今夜どうしてもジェフリーに話しておきたいことなどなかったわけだ。それは激しく残念だが、自分の事情に巻きこんでしまったのはおのれの軽はずみな行動のせいだ。

（すまない、ハルキ。絶対に君だけは解放させるように、この男たちと交渉するから）

自分はどうなっても構わない。王族としての権利をすべて放棄して国から去れと命じられたら従うし、すべての個人財産をどこかに寄付する書類に署名しろと言われたらそうしよう。酷い拷問を受けても構わない。二目と見られない顔にされてもいいし、手足を切り取られたっていい。

ただ、春輝だけは解放してほしい。これ以上、暴力をふるわないでほしい。こんな気持ちになったのははじめてだった。

『殿下、その日本人がそれほど大切ですか』

横の席に座っていた男が話しかけてきた。ネイティブのトルコ語だ。浅黒い肌に短い黒い髪、顔の下半分を覆う黒い髭、黒々とした太い眉。典型的な容貌をしている。ほかの男たちも似たような感じだ。

特殊な訓練を受けているのか、男たちの動きは滑らかで統率が取れていた。武器を使わずに素早くターゲットの手足を押さえて車に乗せる行為も、おそらく何度か練習してきている。

『彼は私の友人だ。三週間ほど前に出会ったばかりで、私の事情には一切関係ない。一般人を――それも日本人をこんなことに巻きこんで、国際問題になるぞ。いますぐ彼だけでも解放するんだ』

できるだけ冷静な口調を心がけた。隣の男はしばし黙った後、『解放はできません』と重々しく答えた。

『なぜだ。彼は君たちの顔を見る前に気を失っている。このまま車から降ろした方が、君たちにとっては得策だろう。たいした証言はできない』

『たしかにそう言われればそうかもしれません。ですが、この日本人がいた方が、殿下はおとなしくしてくださると思います』

『私は抵抗などしない。彼の意識が戻る前に降ろせ。私は君たちの要求を聞く準備ができている。部外者の外国人に話を聞かれたくない』

『この日本人はわれわれの言語を理解できるのですか？』

『……私と三週間も友人関係でいたんだ。簡単な会話くらいならリスニングできるようになっている』

これは嘘だ。ジェフリーと春輝はずっと英語で会話をしていた。春輝の前でトルコ語を出したことはない。だがそう言っておけば春輝を解放してくれるのではないかと思った。

しかし隣の男は『殿下、嘘はよくありません』と苦笑いした。

『さきほど、仲間の一人がこの日本人に母国語で、ケガをしたくなかったら向こうへ行け、と言ったところ、まったく理解できていない表情をしていましたよ』

その様子はジェフリーも見ていた。隣にいる男はこの集団のリーダーなのか、ずいぶんと沈着冷静で状況把握能力が高そうだ。拙い嘘やはったりなど通用しそうにない。

『ホテルのフロントに頼んだ伝言は、君たちの仕業か？』

『そうです。まさかこんな手に殿下が引っかかるとは思っていませんでした』

男の視線が春輝に向く。言外に揶揄するものを感じた。理解されなくとも構わないが、蔑むような目で春輝を見られるのは不愉快だった。視線から逃れようとしても、車内ではどうしようもない。

『我々としては正面から殿下に会談を申し込みたかったのですが、殿下の秘書はガードが固く、かないませんでした。外出時はボディガードに囲まれていましたし……。やむを得ず姑息な手段に出ました』

日本人の若者を金で雇い、ホテルのフロントに電話をかけさせたらしい。

『我々はずっと殿下の行動を監視していました。だからその男の存在も知ることができました。殿下は将来のある身。英国留学時代に覚えた悪い遊びは、ほどほどにしておいた方がいいですよ。いつ敵対する勢力に足をすくわれるかわかりません』

『君たちにも利用されたしな』

春輝との交流は悪い遊びの一環ではない、とここでいくら主張しても、意味がないことくらい想像がつく。実際、稚拙な罠に引っかかってしまったのだ。なにを言われても仕方がない。

それよりも、隣の男は妙なことを言った。

いつ敵対する勢力に足をすくわれるかわからない、とは……どういうことだ？

自分たちはジェフリーに敵対する勢力ではないということだろうか。

（やはり、保守過激派ではないのか。では、いったいどんな――）

車はいつの間にか民家が少ない地域を走っていた。あれほどたくさん建っていた街灯の数が減り、道が暗い。道路は舗装されていて走りは滑らかだが、前方には月明かりに照らされた山の頂がぼんやり見えているだけだ。

まばらにあった民家も、やがてなくなった。車のヘッドライトだけが人工的な明かりだ。

こんなところで春輝を降ろせない。日本の野山に猛獣はいないかもしれないが、頭を殴られている春輝を人里離れた場所に置き去りにはできなかった。助けを求められる民家を見つけるために、延々と田舎道を歩かせるわけにはいかない。

「ん……っ」

腕の中で春輝が呻いた。もぞもぞと動き、うっすらと目を開く。何度か瞬きをしたあと、ハッとしたように顔を上げた。と同時に、「痛てて」と呻く。

『ハルキ、急に動くな。頭にケガをしている』

『ジェフ?』

『ハルキ、座り心地の悪さは我慢してくれ』

混乱させないように極力、ソフトな口調で話しかける。春輝は車内をぐるりと見回し、ちいさく頷いた。そして片手でおそるおそるといった感じで自分の頭を触った。

『たんこぶができてる……』

『痛むか?』

『触ると痛いくらい。じっとしていれば大丈夫だよ』

『頭痛や吐き気は? 目眩はするか?』

『そういうのはない』

『そうか、よかった』

完全に安心はできないが酷いケガではないようで安堵する。

ジェフリーの耳元に口を寄せ、春輝が小声で聞いてきた。

『……どこに向かっているんだ？』

『すまない。私にもわからない』

『だよねー』

ニッと笑ってみせて、すぐに不安げに視線を揺らす。

『俺、余計なことしたね。足手まといになっちゃって、ごめん』

『謝らなければならないのは私の方だ。君は私を助けようとしただけだから』

『……俺たち、どうなるの？』

『私はともかく、君は部外者だ。なんとしてでも助けるから、気を確かに持っていてくれ』

力づけようとして言ったのに、春輝が悲痛な表情になった。

『自分はともかくって、なにそれ。どういうこと。二人いっしょに助からないと意味ないよ、死ぬ気なのか？』

『ハルキ、落ち着いてくれ。私の言い方が悪かった。死ぬつもりはない。二人とも生きて戻ろう』

即座にジェフリーが折れると、春輝はまたしゅんと肩を落として『俺、重くない？』と小声で聞いてきた。

『大丈夫、軽いものだ。やはり君はもうすこし太った方がいい』

『食べても太らないんだよ。知ってるだろ。俺が大食いなの』

『そうだったな』

思わず笑みをこぼしたら、隣の男が身を乗り出してきた。

『殿下、やはりずいぶんと親しくされているようですね』

揶揄交じりにトルコ語でそう言われ、思わず睨みつけた。男たちがどこまで英語を理解できているのか不明だが、春輝との会話をしっかり聞かれていると思った方がいいだろう。内緒話はできない。

やがて、車は高い塀に囲まれた駐車場らしき場所に入っていき、廃墟に近づいた。元はホテルだったらしく、車のライトが照らした壊れかけの看板に「Hotel」という英文字が見えた。こんな辺鄙(へんぴ)な場所では、さぞかし客足が少なかっただろう。しかもデザインがよくない。ライトに浮かび上がった建物は、テーマパークの張りぼての城のようだった。

車は廃墟の前に、しずかに停止した。運転手の男はエンジンを切らなかった。『さて』と隣の男がジェフリーに向き直る。

『まず自己紹介しましょう。デニズ殿下、私はカアン・ユンサルと申します』

『ユンサル？』

その姓に聞き覚えがあった。記憶を探ってみると十五年前のある事件が思い出されてくる。父王が亡くなり、ジェフリーの長兄に王が代替わりする儀式の直前、軍事クーデター未遂があったのだ。その首謀者がユンサル将軍だった。

『おまえは、あのユンサルの血縁者か』

『息子です。父を覚えておいででしたか』

ユンサルは誇らしげに胸を張り、髭の奥で口角を上げた。

クーデターは未遂に終わり、関与した軍人や官僚はことごとく捕えられ、騒動はわずか三日で終息した。ユンサルの父をはじめとした幹部は処刑された。

『家族は国外追放されたのではないのか？』

『されましたよ。ですが故国への憂いは月日とともに増大しました。私は志半ばで命を落とした父に代わって、反王制派に加わりました。私は今回の実行犯のリーダーです』

この男たちは保守過激派ではなく、反王制派だったのか！

では次兄のエクレムからもたらされていたテロ情報は間違っていたのだろうか。

（いや、それはない。テロの予兆はあったのだ。おそらく反王制派は保守過激派と同時期に動きはじめ、当局はそれを混同していたのではないだろうか）

反王制派は、今回いったいなぜジェフリーを拉致したのか、理由がわからない。十五年前の軍事クーデターは、王制を廃し絶対君主制をなくして議会を民主化することが目的だった。

　ジェフリーは王位継承権を持たない。拉致しても意味がないように思うのだが、いったいこれは——。

『さっき、私に会談を申し込みたかったと言ったな。かなわなかったので強硬な手段に出たと』

『そうです。我々はテロ集団ではありません。殿下と、腹を割った話がしたい。祖国の将来のために、国民の未来のために』

　現在のアルカン王国の国会は、意味を成していない。それはジェフリーも憂慮していることだ。議員の七割が王族と貴族で占められ、世襲制となっている。立法のほぼすべてを官僚が担っており、王と数名の閣僚が承認すれば施行される。いままで悪法が成立していないのは、たんに近年の王に常識があり、良心的だったからだ。

　いつ暴君が生まれるかわからない。まさに運を天に任せるようなものだ。国政を民主化させたいと考える有識者がいても当然で、そうした主張をする学者が本を出版したり講演を行ったりするのを、国は禁止していない。ただ国民のほとんどは現状に満足しており、王制を廃止しようという考えは主流ではなかった。民主化という言葉の響きは一部の者にとっては魅力的かもしれないが、はたしてどれだけの国民がそれを望んでいるだろうか。

『父の遺志を継いだのなら、君は王制を廃するのが望みだろう。私は王族だ。私といったいどんな話をしたいと言うのだ』

『我々と手を組んでいただきたいのです』

『なんだと?』

思いもかけない勧誘だった。トルコ語がわからない春輝が、不安そうに「ジェフ?」と呼びかけてくる。それに『大丈夫だ』と短く答え、ユンサルに向き直る。

『デニズ殿下は優秀な方だと聞いています。英国に留学もされました。閉鎖的なアルカン王国から出てみて、どうでしたか。快適だったのではないですか。それが民主主義の自由というものです。私自身、追放されて外の世界を知り、亡き父の主張は正しかったのだと実感しました。アルカン王国は古い因習を捨て、生まれ変わるべきです』

『またクーデターを起こす気か』

『革命と言ってください』

ユンサルは目に光を宿している。自信があるのかもしれない。ユンサルをリーダーとする反王制派は、いったいどれほどの規模の集団になっているのだろうか。

国内の王制反対派だけで一大勢力になり得るとは思えない。王族への信頼と、国王への尊敬が揺らいでいるという実感はまるでなかった。もし――ユンサルたちが外国の支援を受けているとしたら、面倒なことになる。

外国の干渉を受けることが、どれほど国を危うくするか、世界の歴史を見ればあきらかだ。

『勝算はあると踏んでいるのか』

ユンサルは不敵な笑みを浮かべただけで答えない。そう簡単に口を割るとは思っていないので腹は立たなかった。

『いきなり王制を廃止したら、国民が混乱するぞ』

『わかっています。ですから、殿下にご登場願いたいのです』

『……私になにをさせるつもりだ』

『革命が成ったあかつきには、デニズ殿下に立っていただきたい』

『立つ？』

『初代大統領候補です』

つまり、半分だけ王族の血が流れているジェフリーを新政府のトップに据え、過去と未来の橋渡し役になってほしいということらしい。

『殿下ならば国民も納得するでしょう。先進国で生まれ育った母と、賢王と讃えられたイドリーズ王のあいだに生まれた、運命の子です。民主化の第一歩を、殿下の導きのもと、国民は歩んでいくのです』

『私に君たちの傀儡(かいらい)になれということか？』

『そこまでは言っていません。急激な変化に戸惑う国民には、心の拠り所が必要なのです。殿下が威厳を示し、慈愛の精神を説いてくだされば、国はかならず落ち着きます』

ずいぶんと楽観的な考え方だ。その前に立ちはだかるにちがいない、いくつもの障害はないも同然なのか。それとも想像力が欠落しているのか。

ユンサルの目には、理想に燃える情熱的な輝きが宿っていた。

『王族と呼ばれる一族の血縁だけで一国を支配するのは間違っています。もう時代遅れなのです。殿下、どうか我々と手を結んでください』

たしかに王族というだけで国の重要なポストに居座っている無能者はいる。フォローしているのは有能な官僚たちで、そのほとんどは平民だ。ただその平民の官僚たちは、学費が無料だからこそ大学まで進学でき、官僚になるための試験を受けた。平等に与えられるチャンスを努力によって手にした者たちだ。

もちろん最初から仕事のできない王族を排除することができていたら、有能な官僚がフォローする必要はなくなる。無駄な仕事をなくし、効率は上がるだろう。それが理想だ。

しかし約束されたポストを王族から奪って実力主義に切り替えたら、猛烈な反発が予想される。彼らが行儀よく引き下がるとは思えない。なんの根回しも準備もせずに、いきなり体制を変化させるのは無理だ。もしそうした改革を実践するなら、国王の固い決意と、十年単位の時間が必要だろう。

ジェフリーは、いまはまだそのときではない、と思う。

隣に座っているユンサルは、父親が処刑された当時の年齢から察するに、現在三十歳前後というところだろうか。ジェフリーより年下なのは確実だ。十五年前は十代半ば。その若さで国を追放され、財産のほとんどを没収されて母親と苦労したにちがいない。その点には同情するが、アルカン王国の実情をよく知らず、伝聞でしか知識を得ていない可能性がある。

『君はどこで教育を受けたのだ？』

『そんなこと、いまは関係ありません』

ユンサルはきっぱりとはねつけ、話を戻した。

『もうアルカン王国は王族の支配から脱するべきです。ましてや貴重な化石燃料がもたらす莫大な富を王族が独占するなど、言語道断です』

『待て、独占はしていないぞ』

『嘘を言わないでください』

『私は嘘を言わない。私の会社がもたらす利益は、社会保障に使われている。我が国には貧民街が存在しないだろう。それがどうしてなのか、わからないのか。それに、隣国が内戦状態なのに治安がいいのは、治安維持のための予算を組んでいるからだ。国王とエクレム長官がどれほど国民のために心を砕いているか、考えたことはないのか？』

ジェフリーの反論を聞くと、ユンサルは驚愕の表情になった。

『殿下、信じられません。あなたがそんなことを言うなんて。あなたはご自身の体に流れる半分の血のせいで、幼少期から大変な苦労をされた。亡き父から何度も聞きました。王族は腐っている。国の式典や王族の行事のたびに、冷遇されているデニズ殿下を見かけたと父は憤っていました。それなのに王族を庇うのですか！』

『庇っているわけではない。事実を述べたまでだ』

ユンサルが興奮して目尻を吊り上げている。激高させて状況を悪くするのは得策ではない。正論をかざせばいいというものではないのだ。とくにいまは。

しかし――。

ジェフリーはひとつ息をつき、気遣わしげに見つめてくる春輝に微笑みかけた。春輝のためにも、ここは上手く切り抜けなければならない。けれど曖昧な態度でいることは、ジェフリーのプライドが許さなかった。

『ハルキ、すまない』

『なにが？』

『この男を怒らせたら私は殺されるかもしれない。君の安全も保障できない』

『……そうなるかもしれないことを、いまから言いたいってこと？』

そうだ、と頷いたら、春輝がぎゅっとしがみついてきた。春輝の方からこんなふうに身を寄せてくれたのははじめてだ。ジェフリーは強く抱き返し、髪にくちづけた。

『うん、わかった。男なんだもん、譲れないことってあるよな』

もしジェフリーが殺されたら、春輝が無事に帰れる確率がゼロに近くなる。それなのに、わかってくれた。怖くないはずがないのに、弱音を吐かない春輝が健気で愛しくてたまらない。

『ユンサル』

覚悟を決めて顔を上げた。

『なんです、殿下』

『たしかに私は母が英国人だったせいで冷遇された。アルカン王国の王族にとって、血族の結束はとても重要だからだ。私も一時は自暴自棄になりかけたことがあった。どれだけ学校で優秀な成績をおさめても、品行方正な生活を心がけていても、親族はまともに評価してくれなかったからな。いまの地位も、半分はお飾りだ。王族であればだれでもいいというポストだ。ヤル気になれと言われても、なかなか力は湧かない』

ジェフリーの述懐を、男たちは黙って聞いてくれた。利用価値が高いからだけでなく、一応、王族への敬意はまだ持っているのかもしれない。

『父が亡くなったとき、母は英国に帰った。母は私に、いっしょに行かないかと言ってくれた。けれど私は行かなかった。生前、父は私を愛してくれた。父は立派な王だった。私の体には偉大な王イドリーズの血が流れている。その血を否定し、生まれ育った国を捨てることはできなかった』

ユンサルの目をじっと見つめる。この男を本気で怒らせたら危険だ。それでも言っておかなければならないことがある。

『私は父が守った国と、脈々と受け継がれてきた王族の血を誇りに思う』

『殿下……』

『いま、国は上手く動いている。もちろん完璧ではない。いくつかの問題はつねに抱えている。けれど兄たちは真摯に政治に向き合い、国民のために働いている。けっして私欲のためではない。私はそれを知っている。……申し訳ないが、君たちの思想には賛成できない』

『殿下！』

『手を組むことはできない』

きっぱりと言い切ったとたん、車内の空気が張り詰めた。ユンサルだけではない、車内にいる男たちの咎めるような鋭い視線を感じる。やはり無事では済まないか……と、春輝を抱く腕に力をこめた。巻きこんでしまって、本当に申し訳ない。

『……やはり、デニズ殿下は私が思っていた通りの方でした……』

ユンサルがひとつ息をついて、視線をフロントウインドウに向けた。いつの間にか、ホテルの駐車場の出入り口を塞ぐようにして日本の警察車両が停車していた。赤色灯は消され、もちろんサイレンも慣らしていない。

おそらく拓磨の通報を受けた警察が大使館に知らせ、ロバートに伝わったのだ。ジェフリーの靴に仕込まれた発信器でこの場所を特定し、警察に届けたのだろう。駆けつけた警察車両は一台だけではないはずだ。拉致犯を刺激しないよう、ひっそりと包囲しているにちがいない。

『どうやらタイムリミットのようです』

ユンサルは苦笑して、ジェフリーを振り返る。

『とても有意義な話し合いになりました。殿下、ありがとうございます』

『……私たちを解放してくれるのか』

『我々は殿下と手を組みたかっただけです。最初から命を奪うつもりはありませんでした』

『私は君たちを庇うつもりはない。拉致した罪に問われるぞ』

『そのくらいの覚悟はしています』

異国の地で犯罪者になることに抵抗はないようだ。ユンサルがドアのロックを解除した。

『殿下は人の上に立つ素質がじゅうぶんに備わっていると感じました。強靱な精神と健康な肉体と、祖国への愛情を持っておられる。母親が英国人でなければ、素晴らしい施政者になれたでしょう』

『私は政治に関わるつもりはない。混乱を招くだけだ』

『だからアルカン王国の在り方には限界が来ていると、私は思うのですがね……』

ユンサルがスライドドアを開けた。草木の匂いがする湿度の高い空気がどっと車内に入ってくる。警察車両のまわりに数人の制服警官が出てきたのが見えた。手には拳銃がある。日本の警察はそう簡単に発砲しないと聞いたことがあるので、威嚇だろう。

『殿下、またいつかお会いしたいです。何年後かには、もしかしたら殿下の考え方が変化しているかもしれません』

『さて、それはどうだろうな』

軽口を返し、春輝に『解放してくれるようだ』と英語で囁く。ホッとしたように口元を緩める春輝の背中を撫でた。

『ボス、本当に殿下を帰してしまうのですか』

いままで黙っていた男たちの一人が、たまりかねたように声を上げた。ジェフリーたちの後ろの席に座っていた男だ。ユンサルとおなじように髭を伸ばしているので人相がよくわからない。しかし声が若かった。

『確固たる思想に基づく我々の計画を、もっと詳細に説明しましょう。きっとわかってもらえます』

『ハシム、今日はここまでだ。私と殿下の会話を聞いていただろう？　殿下の意志は固い』

『ですが――』

『すこし話したくらいでお気持ちを変えられるような方ではないと知ることができただけで、私は満足している』

ユンサルがまず車を降りた。そしてジェフリーを外へと促す。春輝を膝から下ろし、順番に車から出た。

『殿下、乱暴なことをしました。いまさらですが、謝罪します』

ユンサルが頭を下げた。ジェフリーはなにも言わず、ユンサルに背中を向けて春輝の手を引く。警察車両の方へと歩こうとした、そのときだった。カチッと、かすかに銃器を扱う音が聞こえた。

振り返ったジェフリーの目に飛びこんできたのは、ハシムと呼ばれた若い男が構える拳銃だった。こちらに向いている銃口に息を飲む。

『我々は正しいのだ！　賛同しないのは性根が腐っている証拠である！　そんな王族など必要ない！』

叫びながらハシムが引き金に指をかけた。

『やめろ、ハシム！』

ユンサルが制止する。春輝が『ジェフ！』と悲鳴に似た声を上げながらジェフリーの前に立ちはだかった。とっさに春輝を抱えこみ、ジェフリーは地面に伏せた。

すべては一瞬の出来事だった。

耳に入ってくる言語が理解できない。

春輝はジェフリーに抱きこまれて守られながら、男たちの会話がわからなくてイライラした。

（すこしくらいトルコ語を勉強しておけばよかった……！）

後悔してても遅いし、たとえ勉強をはじめていたとしても、短期間でどれだけヒアリングができるようになったかは不明だ。なにせジェフリーと知り合ってから、まだ日が浅い。

たぶんジェフリーとリーダーの男は真剣な話をしている。春輝のことは絶対に助ける、とジェフリーは言ってくれたが、そんなことはこの男たちの気持ちしだいだろう。

（拓磨が通報したと思うけど、警察はもう捜索してくれているのかな）

無鉄砲に渦中へと飛びこんだ春輝とはちがい、拓磨はどこかへ身を隠したらしかった。外見と言動から拓磨は浮ついたぼんぼんと思われがちだが、じつは冷静で頭がいい。おまけに目がいいから、この車のナンバーも記憶してくれたにちがいない。

（ああもう、どんな内容の話がされているのか知りたいぃ）

春輝は歯がみしながらジェフリーの胸に顔を埋める。そして香水と体臭が絶妙に混ざった匂いを胸いっぱいに吸って安心を得ようとした。とにかく落ち着いて、事態を見極めなければならない。ここでパニックを起こしてしまったら、生きて帰るどころか、ジェフリーの足手まといになって迷惑をかけてしまう。

悶々としていたら、リーダーの男が車のスライドドアを開けた。えっ、と顔を上げると、ジェフリーが『解放してくれるらしい』と英語で教えてくれた。どうやら話し合いは平和的に終わったようだ。

ホッとして車の外に視線を向ければ、駐車場の出入り口にいつの間にかパトカーが停まっていた。暗がりの中で制服警官が何人もこちらの様子を窺(うかが)っているのも見える。

（さすが日本の警察！　助かった。帰れるんだ！）

安堵のあまり気が抜けて足に力が入らない。ジェフリーが車から降りるのを手伝ってくれた。ジェフリーと手を繋いでパトカーの方へと歩いていこうとしたとき、背後で険しい声が上がった。春輝たちの後ろの席に座っていた髭面の男二号が、車から身を乗り出して右手をこちらに伸ばしている。

いや、伸ばしていたのではない。拳銃を握って、銃口をこちらに向けていたのだ。

とっさに春輝は銃口の前に両手を広げて立った。頭で考えるより先に、反射的にジェフリーの楯になるように動いていた。

『ハルキ！』

直後、横からすごい力で抱きこまれ、地面に引き倒される。パンパンパン、と爆竹が爆(は)ぜるような音が連続して夜空に響いた。

なにが起こった？　あの男が発砲したのか？

ずしっとジェフリーの体重がのし掛かってくる。重くて春輝は動けない。

「ジェフ、ジェフ？　重いから、苦しいっ」

日本語で喚いていたことにすぐ気づき、英語に切り替えた。

『ジェフ、退いて。重くて苦しい。息ができない』

何度か抗議したがジェフリーは動かない。耳に低い呻き声が届き、ハッとした。

『ジェフ？　当たったのか？　どこかに、弾が……』

『う……っ』

ずるりと春輝の上からジェフリーの体が滑り落ち、地面に転がった。ジェフリーは苦悶の表情を浮かべ、かすかに呻いている。

『ジェフ！』

春輝が叫んだときには、背後のワンボックスカーが急発進していた。キュルキュルとタイヤを鳴らしながらパトカーを力ずくで押しのけ、廃墟となったラブホテルの駐車場を出ていく。

「おい、待て！」

警察官が叫ぶのが聞こえたが、停まるわけがない。パトカーが赤色灯を回しサイレンを鳴らしながら追いかけていく。春輝とジェフリーのところにも警察官が駆け寄ってきた。

「大丈夫ですか」

「俺はなんともないです。でもジェフが……」

「失礼します。ケガの状態を確かめさせてください。すぐに救急車が来ます」

警察官がジェフリーの体を動かして背中を見た。背中の真ん中あたりのスーツ生地に穴が開いている。ザーッと頭から血の気が引いた。

『ジェフ、ジェフ！』

呼びかけても反応はない。出血は確認できなくとも、撃たれた場所が場所だ。命に関わるのではないだろうか。

『おい、こんなところで死ぬなよ、ジェフ！』

撃たれるのは自分のはずだった。でも実際に弾が当たったのはジェフリーだ。あのとき、春輝が楯になることなどなく、素早く地面に伏せていたらジェフリーも撃たれなくて済んだかもしれない。

『ごめん、ジェフ、俺のせいで当たったんだよな。ごめん。ジェフ、死なないでくれ、こんなところで死ぬな！』

『ハルキ……』

ジェフリーが薄く目を開けて春輝を見上げてきた。意識が戻ったことに歓喜して、春輝はジェフリーの手をぎゅっと握りしめた。

『死ぬな。生きてくれよ。なんでもしてやるから、生きてくれ』

『……なんでも……？』

『そうだ、なんでもしてやる。だから死なないでくれ』

ジェフリーの命が助かるなら、春輝は本当になんでもするつもりだ。

死んでほしくない。生きていてほしい。そばにいてほしい。抱きしめてほしい。また口説いてほしい。何度でも、熱のこもったセリフで自分を照れくさい気分にさせてほしい。

『ジェフ、あんたが望むなら、俺はなんでもするよ。だから死ぬな。死なないだろう？　こんなチャンス、あんたなら飛びつくだろう？』

ジェフリーを元気づけるために春輝は必死だった。銃弾がどこまで達してどの臓器を傷つけているかわからないが、とにかく生きる意欲を失わせたくない。

『本当になんでもする。あんたの神さまはなにか知らないけど、誓ってもいい。だから――』

『嬉しいよ、ハルキ』

笑顔になったジェフリーが、むくりと上体を起こした。無言で見守ってくれていた警察官たちが「わあっ」と思わず悲鳴を上げる。春輝も腰を抜かしかけた。

『君がそこまで熱烈に私のことを想ってくれていたとは知らなかった。ありがとう。心から、君のすべてを愛している』

左手を胸に当て、右手で優雅に春輝の手を取り、甲にチュッとキスをしてきた。

唖然としている春輝に、ジェフリーはあっさりと『防弾ベストを着ていたから助かった』と種明かしをした。ほら、とワイシャツのボタンを二つ、三つ外して胸元を広げて見せてくれる。ベージュ色の薄いコルセットのようなものがあった。

『最新のとても軽くて薄い防弾ベストだ。これのおかげで命拾いした。抱きしめたとき君も気付かないくらいだから、驚きの性能だな』

ふう、とジェフリーはひとつ息をつく。

『だが至近距離から撃たれたので、痛みのあまり気が遠くなった。君にのし掛かってしまって、すまない』

『ジェ、ジェフ、あんた……』

てっきり重傷を負ったと思って悲嘆にくれていた春輝は、あまりの急展開に頭がついていかない。

『ハルキ、私の事情に巻きこんでしまい、申し訳なかった。怖かっただろう。ケガはなかったか？』

『俺は、ないよ、どこも……。あんた、本当に大丈夫なのか？』

まだ信じられなくて、問いかける声が震える。ジェフリーはにこりと笑ってみせた。

『大丈夫だ。衝撃のあまりしばらくまともに呼吸ができなくて苦しかったが、それだけだ。もう回復した』

春輝はおそるおそる両手を伸ばし、ジェフリーの頬を挟むようにして触れた。温かい。ちゃんと生きている。願望が見せた夢ではない。

『よかった……』

『ハルキ、とても心配させてしまったようだな』

『心配？　したさ、ものすごく。死んじゃったかと思った。俺のせいで、俺がバカだから、なにも考えずに銃口の前に出たりしたから、あんたに弾が当たったのかと――』

『ああ、それは私からも一言意見したい。ハルキ、私を庇おうとしてくれたのはありがたいが、あんな危険な行為はしてはいけない。あの場合、伏せるのが正しい対処の仕方だ』

『うん、間違っていた。でも俺はこうした非常時の訓練なんか受けていないし、あれは頭で考えるより先に体が動いていたから、どうしようもなかったかなとは思う』

『体が動いたのか』

『……たぶん、ジェフを守りたいと思ったんだ。たぶんだけど』

もごもごと口籠(くちご)もった春輝を、ジェフリーが『ありがとう』と言いながら抱きしめてきた。

『嬉しいよ、ハルキ。私を守ろうとしてくれたのは母とロバートとボディガード以外では君がはじめてだ』

力強い腕と胸の感触に、ぐっとくるものがあった。生きている。ちゃんと生きている。またしみじみと実感できた。

「すみません、パトカーに移動してもらえますか？」

警察官に声をかけられ、春輝とジェフリーは立ち上がった。寄り添い合ったまま、パトカーの後部座席におさまる。近くの警察署にジェフリーの関係者が来ていると教えられ、春輝はそれを通訳した。

走りだしたパトカーの中で、ジェフリーは春輝の手を握ったまま離さない。春輝もジェフリーの体のどこかに触れていたかったから、そのままなにも言わなかった。

『ハルキ、警察署に着いたら、たぶん君とはゆっくり話せなくなる。つぎにいつ会えるかもわからないだろうから、いま言っておきたい』

ジェフリーがぐっと手を握り、真剣な目で見つめてきた。

『なに？』

『今回は、私の国のトラブルに巻きこんでしまって、本当に申し訳なかった。正式に謝罪があるだろう。君の兄にも大使館の者が説明に行くと思う』

兄たちは関係ないと言いたいところだが、そうはいかないのだろう。ジェフリーはもともと東大路グループとビジネス上で長年の付き合いがある。

『今回、私を拉致したのは予想していた保守過激派ではなく、反王制派だった』

『えっ、そうだったのか？』

『彼らは王制を倒し、革命を起こして民主的な国家を築き上げることが目標らしい。そして、そのとき私に国を治めてもらいたいそうだ。そのために説得しようとしていた』

あっけにとられて春輝はなにも言えない。ドラマか映画の中の話のようだ。そもそも横に座っている男が王弟だというのも、現実的ではないのだけれど。

『あんたはそれを拒絶したんだな？』

『そうだ。だから発砲された』

ジェフリーは苦笑いして、また春輝の手をぎゅっと握ってくる。春輝も握り返した。

『私はずっと、両親から注がれる無償の愛と、親族からの冷遇のギャップに苦しんでいた。自由はないのに、王族としての義務だけを押しつけられ、窮屈でたまらなかった。だから与えられた仕事もいい加減にこなし、ふて腐れている態度を隠しもしなかった。きっとそれが、反王制派に目をつけられた理由だろう。現状に不満があるなら、王制の廃止に賛同すると思われたにちがいない』

はじめて聞く話に、春輝は驚きを露わにした。ジェフリーが真面目に仕事をしていなかったなんて、知らなかったのだ。外交目的でさまざまなパーティに出席していたようだし、ホテルの書斎で再生可能エネルギーや観光事業について語ったジェフリーは意欲的に見えた。

『私は王族だから、まともに仕事をしなくても、よほどの不祥事を起こさないかぎり解雇はされない。けれど君に出会って、心を入れ替えようと決意した』

『俺？』

『君だ』

ジェフリーが握っていた手を持ち上げて、また甲にチュッとキスを落とした。さっきも外でされたが、あのときは死にかけていると思いこんでいたジェフリーがぴんぴんしていて驚いていたから、スルーしてしまった。けれどいまはパトカーの中だ。運転席と助手席には警察官が乗っている。どこまで英語が理解できているかわからないが、恥ずかしかった。

『君の信頼を得るためには、まず尊敬されたいと思った。いまさらだが真面目にCEOの仕事に取り組もうと思った。ロブはとても喜んでくれたよ』

『それはそうだろうな』

『君との出会いで、私はいろいろなことを学んだ』

『大袈裟だよ』

『いや、けっして大袈裟などではない』

ひとつ息をついて間をあけ、ジェフリーはあらたまった声で『ハルキ』と呼んだ。

『私は君を愛している』

「えっ……」

見つめてくる青い瞳は真剣だ。春輝は慌てて運転席と助手席を見る。二人の警察官は不自然なほど微動だにせずに前を向いていた。英会話ができなくとも、「アイラブユー」くらい聞き取れただろう。

『ハルキ、聞いているか?』

『き、聞いているけど、どうしてこんなところで言うんだよっ』

『いましか時間がないからだ』

『でも、いくらなんでも……』

『ハルキ、私を見ろ』

息を詰めて、春輝はジェフリーを見た。勝手に目が潤んでくるのはなぜだろう。

『私は本気だ。これほどまでに人を愛しいと思ったのは、たぶんはじめてだ。両親以外に愛を口にしたのも、はじめてだ。信じてほしい』

『ジェフ……』

疑うなんてことは、しない。ジェフリーがどれほど真摯に告白してくれているか、目を見ればわかる。

『私はアルカン王国の先代の王の息子で、現在の王の弟だ。今夜のような危険な目に二度と遭わないとは言えない。おそらく、この先何度も似たようなことが起こるだろう。私のそばにいる者は、私と同ていどの命の危険がある。ロバートはすべて理解したうえで秘書をしてくれている。問題は君だ。以前より頻繁に来日し、かつそのたびに君と会っていれば、関係者たちには、否応なく親しい間柄だと知られてしまうだろう。愛する君の安全を思えば、別離を選択した方がベターなのはわかり切っている』

『そんなの嫌だよ、俺――』

『わかっていても、私は君から離れることができそうにない。ハルキ』

ジェフ、と名前を呼ぼうとした春輝の口は、ジェフリーに塞がれた。荒々しく舌で口腔をまさぐられ、春輝はジェフリーの首に腕を回してしがみつく。もうパトカーの中だろうが警察官が同乗していようがどうでもいい。嬉しくて、胸が震えた。

愛していると言ってくれて嬉しい。離れることを選ばないでいてくれて嬉しい。嬉しい！

『ハルキ……』

『ジェフ』

胸がいっぱいで熱いものが体中から溢れそうだった。

『俺も、好きだ』

言葉は、涙といっしょにこぼれ落ちた。

『俺も、あんたが好き。たぶん、その、愛していると思う』

ジェフリーが滲むような笑顔になる。啄むようにキスをして、また『愛している』と囁いてくれた。腰にくる、低音ボイスで。

『ジェフ』

また抱きしめ合う。春輝は渾身の力をこめた。このままひとつになってしまいたい。溶け合って、ひとつになって、もう離れなくてもいいように。離れられないように。

『ハルキ、さっきは私を庇おうとしてくれて、ありがとう。あんな愛情表現ははじめてだった。私がどれほど感動したか、わかるか？　私の愛は、君のものだ。君以外には生涯だれにも捧げないと誓う。愛しているんだ』

『うん、うん……』

もう言葉が出ない。涙がとめどなくこぼれてきて、春輝は頷くだけで精一杯だった。

春輝とジェフリーは後部座席できつく抱き合って、何度も、何度も、キスをした。

頭の片隅で、ジェフリーが言うように、たぶんしばらく会えなくなると冷静に考えている自分がいた。こんな事件が起きたのだ。ジェフリーは事後処理に追われ、そのあとはすみやかに帰国しなければならなくなるだろう。

つぎに日本へ来られるのはいつになるのか。こんなふうに触れ合えるのはいつなのか。

別離の予感に怯(おび)えながら、春輝はジェフリーが望むままに数え切れないほどのキスと愛の言葉を繰り返した。

アルカン王国にジェフリーが帰国したのは、拉致事件から五日後のことだった。
空港から首都カルカヴァンにある王宮アイダンへ直接出向き、王の執務室横にある応接室へと通される。そこには次兄のエクレムが先に到着していた。
面長の輪郭に黒々とした太い眉と鷲鼻(わしばな)、黒い口髭という容貌は、ジェフリーと兄弟だとは思えないほど似ていない。第二妃の子だった。黒地に金ボタンの詰襟姿がトレードマークになっている。ジェフリーより十二歳年上の四十代後半で、厳格な性格は警察組織トップにふさわしいと、国民に信頼されていた。

「兄上、ただいま戻りました」

「無事に帰ることができてよかった」

エクレムの方から握手のための手を差し伸べてきたのははじめてだった。意外に思いながら握手をする。

そこに国王シャーヒンが姿を現した。夏用の生地で誂えたスーツ姿だ。第一妃に似て柔和な印象の容貌の持ち主で、ジェフリーよりちょうど二十歳年上だ。

若いときよりも五十代半ばになったいまの方が、前王イドリーズに似ている。性格は父親よりも穏やかで、柔軟な外交は強硬派からは軟弱と誹られることもあった。しかし国民からの人気は高い。事を荒立てるのを好まない平和主義を国民は愛し、尊敬していた。

賢王と讃えられた父に容姿が似てきたことも、国民の支持を得ている要因だろう。ジェフリーも年々父に似てくるシャーヒンに会うと心の片隅にある父への思慕が刺激される。言葉にしたことはないが。

「デニズ、知らせを聞いたときは心配したが、ケガがなくてなによりだった」

「はい、幸運でした」

三人はソファに座り、まずジェフリーが事件のあらましを当事者の視点で説明した。すでにシャーヒンは事件の詳細をまとめた報告書に目を通しているはずだ。

つぎにエクレムが事後についての説明をする。事件はアルカン王国の希望により、被害者の素性は非公開とされ、外国人グループによる身代金目的の誘拐事件として処理されることとなった。犯人のユンサルたちは逃走。いまだ捕まっていない。

発見、逮捕された場合は、おそらく日本の司法によって裁かれる。リーダーのユンサルはアルカン国籍ではないため、こちらからはあまり口出しできそうにない。しかし、おそらく彼らは捕まらないだろう。とうに日本を脱出し、アルカン王国周辺のどこかに潜伏しているはずだ
――とエクレムが話す。ジェフリーは頷きながら黙って聞いていた。

今回の実行犯以外の反王制派については、調査がはじまったばかりで報告できることはないらしい。どこかに拠点があるはず。それを根気強く捜索していく。さらに、支援している団体、あるいは国が存在していると、ユンサルの様子から感じられたことから、そちら方面も詳しく調べていかなければならない。

ユンサルの要請をジェフリーが拒んだことは、反王制派に伝わったのだろうか。保守過激派はいまだにジェフリーにとって脅威であることには変わりなく、今後は反王制派からも敵認定されて狙われるとしたら、ますます物騒だ。

一通りの話が終わると、エクレムがジェフリーに向き直り、「おまえに詫(わ)びなければならない」と言いだした。

「こちらが提供した情報に誤りがあった。事態にあたるとき先入観を持ってはならないと部下に指導していた私が、一番先入観を持っていたようだ。おまえを狙うのは保守過激派だけだと

思いこんでいたのだ。王族の血統を守りたいがために、デニズを排除しようとする輩だけが存在していると……」

　眉間に皺を寄せ、エクレムは声音に後悔を滲ませる。

「まさか保守過激派とはまったく別の、反王制派がジェフリーを取りこんで利用する計画を立てていたとは、想像もしていなかった。完全にこちらの落ち度だ。誤った情報を送ってしまい、申し訳なかった」

　頭を下げる次兄にジェフリーは驚いた。

「兄上、顔を上げてください。兄上だけの落ち度ではありません。私も予想していませんでした。それほどユンサル率いる反王制派の動きは巧みで、結束が固く、情報がまったく漏れていなかったのでしょう」

「それでも私に責任はある。今後は二度とこんなことがないよう、情報の正確さには神経を尖らせるようにするつもりだ」

　エクレムはぐっと口元を引き締め、「それでは、仕事がありますので」とシャーヒンに敬礼して応接室を辞していった。

　今回の事件は、エクレムにとって非常に屈辱的だったようだ。抑えようとしても滲み出る苦渋が感じられて、ジェフリーはしばしあっけにとられた。これほどに人間味に溢れた次兄を見たのははじめてだったからだ。

「デニズ、あいつを許してやってくれるか」

シャーヒンの静かな声に、ジェフリーは「許すもなにも……」と首を振る。

「私は最初から怒っていませんし、エクレム兄上のせいだと微塵も思っておりません」

「そうか。ならばしばらくあいつをそっとしておいてやってくれ。エクレム自身、今回の事件で動揺した自分にショックを覚えているようだ」

意味がわからない。首を傾げたジェフリーに、シャーヒンは苦笑いをして目を伏せた。

「私たち兄弟は、未熟な青年、あるいは少年だった時代の愚かな言動に、多かれ少なかれ後ろめたい思いを抱いている。周囲の大人たちの言葉を疑うことなく信じこみ、おまえと第三妃に礼を失したことだ」

話の内容がずいぶんと時間を遡り、ジェフリーはまた驚いた。

ジェフリーには兄と姉が合わせて五人いる。末子のジェフリーだけ年が離れているため、物心がついたときには姉たちはすでに嫁ぎ、兄たちはそれぞれ公務に忙しそうだった。

「王族の子供たちは世界が狭い。箱入り育ちの母親と、王族に命を捧げている侍従たち、そして侍従長が選んだ学友しかいない。純粋培養のまま成人してしまう。だから自分の過ちに気付くのは往々にして遅い。大人になると王族としての義務が発生し、公務に出かけるようになる。義務を果たせばあるていど行動の自由が許され、世界がすこし広がる。さらに外交のために他国へ出向くようになれば、文化の違いを肌で感じ、人は平等であるべきという現代の流れに触れる。おまえは英国の大学に留学を許されたので、そのあたりのことは私がわざわざ説かなくてもわかるだろう」

「はい」

「あるとき、何度目かの外交で他国へ行った私は、父王の第三妃が英国人であることはそれほど大きな問題ではないのではないか、と思った。デニズが罪の子などではないと、やっとわかったのだ。遅い気づきだった」

自嘲気味に笑うシャーヒンを、ジェフリーは黙って見守った。

「二十歳も年下のデニズに冷たい態度で接し、本人にはなんら責任がない血筋を貶し、自分と王族の矜持を守ることになんの意味があるのか。ひどく醜く、愚かな行為だ。私は後悔した。けれどだれにも言えなかった。言ったが最後、王族の重鎮と呼ばれる老人たちの怒りを買い、王太子の地位を剥奪されるかもしれないと恐れたのだ。私が王位に即くことは、母の悲願だった。せめてデニズへの態度は改めようとしたが、そのときすでにおまえは私たち兄弟に心を閉ざしていた」

シャーヒンがソファの肘掛けに腕を置き、ひとつ息をつく。

「これは私の想像だが、エクレムも似たような経験をして心の在り方に変化があったのだと思う。もちろん、なにも言わないが――。エクレムは自分ではそれほどデニズに関心を持っているとは自覚していなかったのだろう。今回の事件を受けて、あいつはかなり動揺していた。隠していたつもりだろうが、私にはわかる。兄だからな」

ふふっと笑い、憂いを秘めた目をジェフリーに向けてくる。

「私の懺悔話を聞いてくれてありがとう」

「いえ、そんな……」

「こんな話、高齢の母や頭の固い妹には言えない。私には立場がある。正直にすべてを打ち明ければいいというものではない。私が心情をさらけ出すと傷つく者もいる。墓まで持っていくつもりだった。おまえにとってはいまさらだと思ったし……。けれど、今回のようなことがあると、それもどうかと考え直したのだ。私もおまえも、明日なにが起こるかわからない。後悔がないようにしておきたいと思った」

シャーヒンの瞳は澄んだ茶褐色だ。亡き父とおなじ色をしている。まるで父が、兄たちの若さ故の過ちを許してやってくれ、と言っているように感じた。

冷静に考えれば、亡くなった父が長兄の中に宿るわけがない。けれどジェフリーがそう感じたということは、自分がそう思いたいということなのかもしれない。

「陛下、お気持ちを聞かせてくださってありがとうございました。とても嬉しいです」

「そうか」

シャーヒンは微笑み、ふぅと息をついて体の力を抜いたように見えた。緊張していたようだ。

父をおなじくしながら二十歳も年が離れた長兄は、ジェフリーにとって近い存在ではなかった。こんなふうに胸の内を明かしてもらい、素直に嬉しいと思う。

「陛下、さきほども言いましたが、今回の事件について私はエクレム兄上に責任を押しつけようなどと欠片も思っていません。そもそも単独で行動して隙を作ったのは私の落ち度です」

「一人でホテルを抜け出したのだったな。偽の伝言で呼び出されたそうだが？」

「はい、そうです」

「ビジネスで渡ったはずの他国であまり軽々しいことはしないように」

「……申し訳ありません」

春輝と知り合い、親しくなったことは報告書に書かれてしまった。だが素性は「東大路グループの人間」止まりで、恋愛関係にあることまでは明記されていないはず。じんわりと汗をかきながら、ジェフリーは反省しているという殊勝な態度を崩さなかった。

「今後は油断をしないように努めます」

「そうしてくれ」

日本の警察官に保護され、近くの警察署まで運ばれたあと、ジェフリーは待っていたロバートにものすごく叱られた。やはり靴の発信器がなければこれほど早く発見することはできなかったようで、ユンサルたちに気付かれて靴を捨てられていたらお終いだったと、最後には従兄として半泣きで嘆かれ、ジェフリーは宥めるのが大変だった。

その警察署で別れて以来、春輝とは会っていない。

日に何度かメールのやり取りはしているが、春輝は春輝でなにかと大変らしい。警察や異母兄たちに事件の詳しい説明を求められ、ずいぶんと時間を奪われていると苛立たしげな文章が送られてきた。

結局、帰国まで一度も顔を見ることはできなかった。予想できていたこととはいえ、とても寂しい。会えないぶん、どんどん恋しさが募っていくようだった。

「デニズ、いまの仕事に不満があるか？」

唐突にシャーヒンが問いかけてきた。ジェフリーの仕事ぶりについて、いままでなにか言われたことはない。はじめてのことに慌てて背筋を伸ばし、長兄の目を正面から見つめる。

「ありません。できればもうしばらく続けさせてもらいたいと思っております」

「そうか。やっとヤル気になったか」

軽く揶揄するように言われ、ジェフリーはバツが悪くて「よろしくお願いします」と頭を下げた。そこでふと、いまなら聞けるのではないかと思った。

「陛下、ひとつだけ質問してもよろしいでしょうか」

「なんだ？」

「私をいまの地位に就けたのは、どうしてですか」

長年の疑問をぶつけてみた。シャーヒンは視線をどこか遠くに向け、しばし黙った。

「なぜ理由を聞きたいのだ」

「王族は私のほかにもたくさんいます。任命された当時、私は三十歳になったばかりの若輩者でした。私よりもふさわしい者がいたのではないかと」

「そうだな。おまえでなければならない、というわけではなかった」

半ば予想していた答えだったが、実際に聞くと落胆が大きい。項垂れてしまいそうになる頭をなんとか高く保っているジェフリーに、シャーヒンが一言付け加えた。

「しかし私はデニズがふさわしいと思った」

ゆっくりと足を組み替え、椅子の肘掛けにシャーヒンがもたれる。

「任命したとき、私は在位十年目を迎えていた。なにかあたらしいことをはじめたかったのだ。それがデニズをCEOに任命することだった。おまえなら、私がこれから目指す新時代にふさわしいなにかをもたらしてくれるのではないかと期待した」

「陛下……」

まさかそんな期待を寄せられていたとは、思ってもいなかった。

「申し訳ありません。陛下がそこまでお考えだったとは――。ではこの五年間、さぞかし私にがっかりされたのではないですか」

「まあ、長い助走だと思えばなんということもない。それに五年間、なにもしてこなかったわけではないではないか。化石燃料に頼らないエネルギー政策を進めようとした若い官僚たちに許可を出し、予算を割く書類にサインをしたのはおまえだ。まだまだ諸外国からは遅れを取っており、試験段階で実用には時間がかかりそうだが、踏み出さなければ先はない。CEOが人生経験を積んだだけの頭の固い年寄りだったら、そんな提案は一蹴していただろう。それだけでもデニズをCEOに据えた価値はあったと思っている。それに、やっとヤル気になってきて、今度は観光事業の発展に寄与したいと言いだしたそうではないか」

「なぜそれを」

まだ構想段階だ。ロバートと春輝にしか話していない。この二人がシャーヒンにリークするとは思えないので、残る可能性は——。

「まさか、ボディガードの中にあなたのスパイが？」

指摘したジェフリーに答えることなく、シャーヒンは無言でにっこりと笑った。これはゆゆしき事態だ。すぐにロバートと話し合い、対策を講じなければ、ジェフリーの言動がすべてシャーヒンに筒抜けという状態が続くことになってしまう。

そこへ国王の秘書が、つぎの予定の時間だと知らせに来た。ジェフリーが辞する挨拶をすると、シャーヒンがふと思い出したといった口調で言った。

「ハルキ・カタヤマといったか、とても好ましい青年だと聞いた。写真で見ると、とても二十四歳には見えないな。東洋人の年齢はわからない」

ギクッと硬直したジェフリーに微笑を向け、「おまえを変えた人物だろう。そのうち会わせてくれ」と特大の爆弾を落としてシャーヒンは応接室を出ていった。

（会わせてくれ？　会わせてくれだと？）

やはりボディガードの中に情報源がいるのだ。春輝がただの知り合いではないと報告を受けているにちがいない。全身からどっと変な汗が出てきた。

この年になるまで深い付き合いになった男女は何人もいたのに、そんなことを言われたのははじめてだ。いままでの相手とはちがうと感じたのだろうか。

いや、それにしても——。

（会わせる？　ハルキを、陛下に？）

いつまでたっても応接室から出てこないことを心配したロバートが様子を見に来るまで、ジェフリーは部屋の真ん中で呆然と立ち尽くしていた。

「片山、外回りに行くぞ」

先輩社員に呼びかけられて「はい」と返事をし、オフィスを出る。社用車のナビゲーションに行き先を登録し、地下駐車場から公道に出ると、七月の眩しい陽光が運転席を容赦なく照らしてくる。「暑いなぁ」と先輩が助手席から手を伸ばしてカーアエコンのスイッチを最強にした。

七月半ばの東京は暑い。晴れた日の太陽は殺人的な暑さを地上にもたらしていた。首都高速に入ると、すこしだけ空が近くなる。青い空に白くて細長い飛行機雲が見えた。どこへ向かった飛行機が残したものだろうか。

（ジェフ……）

拉致事件から、三週間が過ぎている。

あの事件は外国人グループによる営利目的の誘拐として処理され、新聞の片隅にちょっとだけ載った。関係者以外、攫われたのが一国の王弟と東大路家の人間だということを知らない。犯人たちはいまだに捕まっていない。

ジェフリーとは毎日メールのやり取りをしているから、繋がりは切れていない。けれどメールの内容は当たり障りのない内容ばかりで、たまに愛の言葉が添えられているていど。ジェフリーの気持ちが変わっていないかどうかはわからなかった。いつ日本に来られるのかも明言してくれない。

会いたかった。会って抱きしめてキスしてほしい。安心させてほしい。

事件の日に警察署で別れて以来顔を見ていないが、たった三週間で春輝の気持ちに変化はない。むしろ恋心が募るばかりだ。三日に一度の頻度で会って飲んでいる拓磨には、「まるで恋する乙女だな」とからかわれるくらいに、春輝の中はジェフリーでいっぱいだった。許されるなら、いますぐパスポートを取って、アルカン王国へ飛んでいきたいくらいだ。

でもそんなことはできない。後先を考えずに突っ走れるほど、もう子供ではなかった。急に長期休暇を申請して職場に迷惑をかけるわけにはいかないし、いきなり行ってジェフリーの仕事の邪魔をしたくない。

だから、春輝は何事もなかったかのように、判で押したようなサラリーマン生活を続けている。満員電車で通勤し、オフィスで先輩たちに可愛がられ、仕事終わりに飲みに行く日々。

ふと、ジェフリーの存在もキスも拉致事件も銃口を向けられたことも、全部現実ではなかったのではないかと思う瞬間がある。別れる前に数え切れないほど交わしたキスの感触は、もうとうに唇から消えた。ジェフリーの存在を示しているのはメールだけ。

春輝の恋心は、宙ぶらりんだ。

なにもしていないと余計に悶々としてくるので、前よりも仕事に没頭して、先輩の誘いを断らずに飲みに行き、自宅に帰り着いたらすぐに寝るようにしている。気を紛らわせるために、なにかあたらしいこともはじめてみようかと考え、駅前の語学教室の体験コースに申し込んでみた。もちろんトルコ語の教室だ。まだ二回しか行っていないのでちんぷんかんぷんだが、目標は日常会話のマスター。せめてヒアリングくらいはできるようになりたい。

わざと忙しくしている春輝を見て、「体に悪い」と拓磨が注意してきたが、ぼうっとしている時間があると不安になるのだ。

ジェフリーに会いたくて会いたくてたまらなくなる。泣きそうになることもある。

こんな自分ははじめてで、怖かった。

「あー、それは立派な恋煩いだなぁ」

拓磨にそう診断され、春輝は「これがかの有名な恋煩いか」と納得し、同時に恐怖した。ずいぶんと辛いものだ。このままだと生き霊になってジェフリーを呪いそうな自分が嫌だった。

「そんなに辛いなら、あいつに『会いたい』ってメールすれば？　プライベートジェットで飛んできてくれるかもよ」

笑いながら言う拓磨に、枝豆を投げつけた。ジェフリーの仕事の邪魔はしたくない。お荷物にはなりたくないのだ。そう言うと、拓磨は鼻で笑った。

「お行儀よくしている春輝なんて、俺が知っている春輝じゃねーよ。恋する乙女もほどほどにしないと、かえってジェフリーに嫌われるぞ」

「どういう意味だよ」

「あの男が惚れた春輝は、よく食べてよく飲んでよく笑い、でも清楚な格好で箏なんかも弾けちゃう意外性のかたまりだろ。なんにも考えていない脳天気かと思えば、腹違いの兄貴たちに嫌がらせされているのを片山流の仲間たちのために我慢して、健気な面もチラ見せしちゃう。このちっこい体に侠気が溢れていて、好きな男の楯にもなれちゃうんだ。あいつはそういう春輝が好きなんだよ。おとなしく待っているのも限度があるって、言っちゃってもいいんじゃない？」

「……ちっこい体は余計だ」

また枝豆を投げつけたら、汚れたおしぼりを投げ返された。

そんなやり取りがあったのは先週末のこと。翌土曜日、たまった家事を片付けたあと、なんとなく春輝は実家へ行った。

就職を機に一人暮らしをはじめて一年と四ヶ月。実家に帰ったのは正月だけだった。母の糸子とは片山流の稽古場でときどき顔を合わせていたので、元気にしていることはわかっていた。

「あら、珍しいこと」

父が買い与えた都区内のマンションに、母はずっと暮らしている。勝手に部屋に入っていった春輝を、糸子は驚きながらも迎え入れてくれた。

「なにかあったの、盆でも正月でもないのに姿を見せるなんて」

「実家なんだからいつ来てもいいだろ。そっちこそ珍しいことにお稽古がない日なのか？」

「もうすぐ大切な演奏会なの。ちょっと集中的に練習しておきたくて、今日はお休み」

いつも弟子のだれかが来て稽古をしているのが実家の風景だった。今日はだれもおらず、防音室で糸子は一人で練習していたらしい。ラフなスウェットの上下を着ている。

子供のころ、自分の母親は友達の母親たちとかなり違っていると感じて、それが嫌だった。

糸子はあまり遊んでくれない母だった。普段はぼうっとしているのに、箏に向かえば凄まじい集中力で演奏に没頭する。洗濯物が山積みになったり食事の支度を忘れたりすることなど日常茶飯事だったし、一年中、演奏会と弟子の稽古で忙しく、二人で近所の公園へ遊びに行くことすらなかった。母子の生活が破綻しなかったのは、弟子の中に世話焼きが数人いて、たまに洗濯や掃除、炊事をしてくれたからだ。

それが根っからの芸術家の気質のせいだとわかったのは、何歳のときだったか。いつしか春輝も筝に熱中するようになった。

「大切な演奏会っていつどこで？　聴きに行くよ」

糸子が有名なホールの名称を挙げた。交響楽団と和楽器のコラボレーションというテーマで、糸子のほかに和太鼓（わだいこ）や三味線（しゃみせん）などの奏者も出演するらしい。

糸子は筝の世界ではわりと名の通った演奏者だ。日本だけでなく世界中からも出演要請が来ているらしい。春輝も業界では上手い方だと言われるが、母にはまったく及ばない。実力の差は自分が一番よく知っていた。

（そうだ、思い出した……）

実家から出たのは自立したかったからだが、一番大きな動機は母から離れたかったからだ。だから正月にしか帰らなかった。

いくら練習しても追いつけない追い越せない母のそばにいることが、辛くなっていた。生まれ持っての才能の違いは、残酷だ。過酷な練習を課せば、あるていどの差は縮まるが、それだけだ。追い越すことはできない。

片山流を本当に支えているのは糸子なのだ。東大路家が支援してくれているのは糸子という希有な演奏家がいるからだし、国内外の演奏会で箏の魅力を伝えているのも糸子。春輝の働きなど、些細なことだ。

だから春輝はムキになっていたところがある。異母兄たちの機嫌を損ねないように、命令に従った。自分が片山流を支えている、助けているという自信がほしかった。実際、春輝の努力は多少の効果はあったのだろう。だから伯母の結子はありがたがってくれた。

いままで、春輝には片山流しか心の拠り所がなかった。距離を置きたいと思いつつも、離れられなくて、女装させられて屈辱的な言葉を浴びせられても存続を願った。

盆でも正月でもないのに実家に帰る気になったのは、いつの間にか、そうした枷から解き放たれていたからかもしれない。

いま、素直に糸子を母と思える。糸子の顔をまっすぐ見ることができた。

（……そうか……俺にはもう……）

片山流以外に拠り所ができたのだ。無意識のうちに、春輝の心は拠り所を見つけていた。

ジェフリー。

猛烈に彼に会いたいと思う。せめて声が聞きたい。電話をしてもいいだろうか。時差はどのくらいだったか。

春輝は急にそわそわとしだして、「じゃあ練習の邪魔しちゃマズいから、帰るわ」と回れ右をした。

「あら、せっかく来たんだから、なにか飲んでいきなさいよ。いまちょうど休憩しようとしていたところなの」

引き留められて、ダイニングテーブルでコーヒーを飲んだ。静かにカップを傾ける糸子を、春輝は盗み見るようにする。

母はまだ五十歳だ。ここ十年ほど年を取っていないように見える。息子が言うのもなんだが、美人で音楽の才に溢れ、家事は苦手だが性格は明るくて気さくで、モテそうに思える。それなのに、亡くなった父以外に、母が付き合った男はいない。父が遺したマンションに住み続け、このまま生涯を箏に捧げるつもりなのだろうか。

「なあ、母さん」

「なに?」

「いま好きな人はいないの?」

「え?」

聞いてしまってから、春輝は慌てた。唐突すぎた。糸子が目を丸くして驚いている。

「あんた、どうしたの、そんなこと聞いてくるなんて」

「いや、いい、忘れて。どうかしてた」

焦って席を立つと、逃がすものかと糸子が腕を掴んできた。

「もしかして、お付き合いしている人がいるの？　そうなのね？」

「ちょっ、待って、その、俺は――」

「どんな人？　どこの人？　その人が好きなの？　結婚するの？」

「ああもう、腕が痛いって！」

腕を離してもらって、椅子に座り直した。「質問に答えなさいよ」と、じーっと正面から凝視されて、春輝は観念して口を開いた。

「……好きな人は、いる」

「やっぱり。どんな人？」

「どんなって……外国人」

「えっ、外国の人なの。すごいわね。ああ、そういえば春輝は英会話ができるから、英語で話しているの？」

「そうだよ」

「それで？　どこで知り合ったの？　どんなお仕事の人？」

興味津々の糸子から、視線を逸らす。ここで相手が男だとカミングアウトしたら、母はどういう反応をするだろう。まだそこまでの覚悟はできていなくて、春輝は言葉を濁した。

「……いま、国に帰っていて、こっちにはいない」

「あら、そうなの。ぜひ紹介してもらいたかったのに、残念。ってことは、遠距離になっちゃっているわけね。春輝、寂しいでしょう」

「う、まあ、それは……それなりに……」

じわっと頬が熱くなってきて、「もう勘弁して」と両手で顔を覆った。

「いいわね、人を好きになるって、幸せだわ」

指の隙間から糸子を見遣れば、彼女の方が寂しそうな表情をしていた。

「いま好きな人はいるのかって、さっき聞いてきたけど……いないわ。お付き合いしましょうって言ってくれる人は、たまにいるのよ。でも、そういう気持ちにはなれない。たぶん、私の愛は、全部パパがあの世へ持っていっちゃったのよ」

「母さん……」

「でも大丈夫、私にはお箏があるし、春輝もいるし」

もっと頻繁に会いに来よう、と春輝は決めた。

「春輝、あんたはたぶん私に似てる。一生のうち、そう何度も恋ができるタイプじゃない。私に話せるくらい真剣に愛している人がいるなら、大切にしなさい。相手も、自分の気持ちも、大切にするの。わかる？」

「うん……」

ふふっと笑った糸子は、カップに残ったコーヒーをぐいっと飲み干して、「会いたいわ」と目を輝かせる。

「あんたに心の準備ができたら、その人に会わせて。どんな子でもOKよ。お母さんはどーんと受け止めるから。ね、お願い」

そのうちね、と春輝は半笑いで答えた。

相手も自分の気持ちも大切にしなさい――。糸子の教えが心に残った。不倫の末、未婚のまま春輝を産んだ糸子だからこその言葉だったのかもしれない。

（ジェフに、『会いたい』って言いたい。言ってもいいのかな）

まだ迷っている。わがままなヤツだと思われたくない。ジェフリーだって春輝に『会いたい』なんて言ってこない。

（ああくそっ、先に『会いたい』って言った方が負けみたいな感じになってきているような気がするっ）

イライラしていたらアクセルペダルを踏みすぎていたようで、助手席の先輩から「おい、スピード出しすぎ」と注意された。慌てて速度を落とす。

春輝の憂いの原因はもうひとつ、異母兄たちのこともあった。

拉致事件に巻きこまれた春輝を、二人の兄、和雄と貴司は長々と説教した。曲がりなりにも東大路家の人間なのだから自覚を持てとか、そこまで深入りするなとか、マスコミを黙らせるのに金を使っただとか。

ちなみに片山家の方には、今回のことを話していない。余計な心配をかけたくないのと、片山流とは無関係の事件だったからだ。異母兄たちにも口止めした。

「まあ、アルカン王国に貸しを作ることができたのはよかった」

そう言ったのは貴司だ。春輝は知らなかったが、ジェフリーは帰国前に和雄と貴司に会いに来て、春輝を巻きこんだことを謝罪したらしい。春輝がみずから巻きこまれに行ったのだから、ジェフリーは悪くない。それなのに、わざわざ異母兄たちに頭を下げてくれたのだ。申し訳なかった。

「それにしても……」

和雄は春輝の全身を眺めて、首を傾げた。

「つくづくわからない。デニズ殿下は、おまえのどこがよかったんだろうな」

「変わった趣味なんですよ、きっと」

どうでもいいことのように返事をする貴司。

「王族だからな」

「珍しい生き物が好きな王族っていますから」

だれが珍獣だ、と春輝は心の中だけでつっこんだ。

それ以来、春輝は週に一度、異母兄たちに近況報告することを義務付けられてしまった。ジェフリーのお手つき（本当にそう言った！）に悪い虫がついてはいけないので、そういう意味で注意を払うようにするらしい。鬱陶しいこと、このうえない。

思わずため息をついてしまったら、先輩社員が顔を覗きこんできた。

「片山、大丈夫か？　疲れているなら、帰りの運転は代わるぞ。無理するな」

「ありがとうございます」

体力的には疲れていない。けれど精神的には疲労を感じていた。待ちくたびれているのだ。

お言葉に甘えて帰りは先輩に運転してもらうことにし、春輝は取引先の会社に入った。

なんとか大きなミスをせずに一日の仕事を終え、春輝は先輩たちといっしょにぞろぞろと会社を出た。二時間ほど残業したので、現在十九時。金曜日だが拓磨との約束はない。このまま先輩たちと飲んで帰ることになるだろう。

空は夕焼けの名残があってまだ明るい。真夏の太陽に容赦なく照らされていたアスファルトとコンクリートはたっぷりと熱気を孕(はら)んでいて、空気が暑かった。

「おっ」

春輝のすぐ前を歩いていた先輩が、変な声を出して唐突に足を止めた。あやうくぶつかりそうになり、「先輩、危ないです」と苦情を言う。

「すげぇ、デジャブ」

「なんですか？」

先輩が横に動いた。視界が開けた先にいたのは——四人の屈強な体格のボディガードに囲まれている、スーツ姿の長身の外国人だった。ジェフリーだ。

「えっ？」

なぜここにジェフリーがいるのか。

いつかのように歩道に仁王立ちになっているジェフリーは、びっくりしている春輝に余裕の笑みを向けてくる。長い足で悠然と距離を詰めてきて、手が届くほど近くに立った。ふわりと例の香水と体臭が混じった匂いが漂ってくる。

夢じゃない。幻覚でもない。偽物でもない。これは本物のジェフリーだ。

三週間ぶりの生ジェフリー。しかも予告なしの登場。春輝は気持ちが追いついてこなくて、まだ呆然としていた。

『今夜、君をディナーに招待したい。受けてもらえると嬉しいのだが』

機械越しではない生の声に、胸が震えた。

断るという選択肢なんてないに決まっている。会いたくて会いたくて、たまらなかった人だ。ふらりと一歩を踏み出した春輝の二の腕を、ジェフリーが掴んだ。そのまま抱きこまれてしまい、路肩に停められていた黒塗りのセダンに押しこまれる。

「おい、片山、大丈夫なのか」

先輩のだれかが慌てて声をかけてきた。ジェフリーが振り返り、『心配しなくていい』と答えているのが聞こえたが、春輝はなんだか夢見心地でふわふわしていた。

ドアが閉められると、車はすぐに発進する。どこに向かっているのか聞かなかった。ジェフリーといっしょならどこでもいい。

『ハルキ、会いたかった』

その言葉を聞きたかった。春輝もすぐ『俺も会いたかった』と、メールの文面には書けなかった想いを口にする。

『あんた、いつ日本に来たんだ？』

『二時間前だ』

『知らせてくれればよかったのに』

『ギリギリまで予定がはっきりしなかった。比喩ではなく、ジェット機が日本に着陸するまでわからなかった。フライト中でも〈いますぐ引き返せ〉という緊急連絡が届くかもしれなかった。君を期待させたあとに失望させるなんて酷いことを、私はしたくなかったんだ。だから事前に知らせなかった。すまない』

それにしてはさっきドヤ顔だったような気がする。

『だったら日本に着陸した時点で連絡してくれたらよかったんじゃない？　俺を驚かせようとしただろ。こういうサプライズはどうかと思うよ』

ムッとした顔を作ってみたら、ジェフリーは表情を変えた。

『ハルキ、怒ったのか？　ちょっと驚かせようと思っただけだ。君がそっけないメールばかりを送ってくるから――』

『そっけないメールなのはジェフの方じゃないか。毎回、定型文みたいな決まり切った文章しか送ってこなかったくせに』

『私は〈愛している〉と添えていただろう。君は一度でも愛の言葉を送ってくれたか？』

『日本男児は軽々しく愛なんて囁かないんだよ』

『へぇ、そう。パトカーの中で何度も言ってくれたのはなんだったんだ？　あれは幻聴だったのか？』

『あれは冷静じゃなかったんだよ。あんな事件に巻きこまれたのははじめてだったから気が高ぶって――』

『お二人さん、落ち着いて』

　助手席から声がかかった。ロバートが振り向いて、こちらを見てくる。すこし疲れたような顔に見えるのは夜の車内だからではなく、本当に疲労が蓄積されているからだろう。事件から三週間、帰国してから二週間と三日で、ジェフリーはふたたび日本に来たのだ。ロバートがジェフリーの希望をかなえるために、無理をして時間を作ってくれたにちがいない。

『せっかく会えたんだから、ケンカなんかで時間を無駄にしないでくれよ？』

　ロバートがため息交じりにそんなことを言った。『ごめんない』と春輝は謝り、ジェフリーの脇を小突く。ジェフリーは肩を竦めるジェスチャーをしたあと、黙った。春輝も車が停まるまで黙っていることにした。

ロバートの言う通りだ。時間を無駄にしたくない。ジェフリーが何日間こちらにいられるのかわからないが、きっとそんなに長い期間じゃない。なにか言われるとすぐに言い返してしまう自分の性格が恨めしい。

春輝が冷静になろうと車窓を眺めていたら、片手が握られた感触があった。ジェフリーが無言で手を伸ばし、春輝の手を握ってきたのだ。視線は外に向いているのに。

好きな男のぬくもりに、胸が苦しくなるほどの喜びを感じた。春輝はなにも言わずにキュッと握り返して、外に視線を戻した。車は以前ジェフリーが連泊していた高級ホテルの前に停まった。すでにチェックインを済ませているのか、ジェフリーはフロントを素通りしてエレベーターホールへと歩いていく。春輝もあとをついていった。ロバートとはエレベーターを降りたところで別れた。

ボディガードたちはぞろぞろとついてきて、スイートルームの中で留守番をしていた男となにやら報告をし合い、ジェフリーと春輝が部屋の中に入ったのを見届けてどこかへ——たぶん隣の部屋へ行った。

『前より厳重になってない？』

『仕方がない。脅威がなくなったわけではないからな。気になるかもしれないが、慣れてくれるとありがたい。さあ、どうぞ』

上層階のスイートルームは以前とはちがう部屋だった。角部屋で、西を向いている。西の空がうっすらと茜色で、濃紺の夜空へと移る微妙なグラデーションがきれいだ。ぼうっと窓からの景色を眺めている春輝の後ろに、ジェフリーが立った。

夕日の名残がすべて消え、東京の夜がはじまる。眼下のイルミネーションと高層ビル、星が見えない暗い夜空。ガラス窓は鏡のように背後のジェフリーをうつしている。その目は、春輝だけを見ていた。

『日本の夕焼けも悪くないと思って、西向きの部屋にした』

ジェフリーの腕が春輝の体に回され、じわじわと抱きしめられる。首にチクッとした痛みを感じた。首に顔を埋めたジェフリーが肌を吸ったのだ。

『ハルキ、いつか私が所有する別荘へ連れていこう。父が母のために建てた屋敷だ。そこからは地中海に沈む夕日が見られる。素晴らしい眺めだ。私がもっとも愛する故郷の景色を、君にも見てもらいたい』

ジェフリーは囁きながら春輝の耳朶にキスをした。そして頬にも。啄むキスがまどろっこしくて、春輝は体の向きを変えて正面から抱きつく。

「ジェフ……」

この三週間、ほしくてたまらなかった唇を貪るように吸った。舌もほしい。もっと絡めて、もっと舐めて、もっと噛んで。息ができなくなってもいい。それくらいキスをして。

言葉なんていらない。愛がほしい。会えなかったあいだの寂しさを埋める熱がほしい。

春輝の両手がジェフリーの黒髪を乱し、上質なオーダーのスーツを皺くちゃにした。素肌に触りたいという衝動のままに、春輝は興奮のあまり震える指でジェフリーのネクタイを解く。首から抜いて床に投げ捨て、ワイシャツのボタンを外した。途中から面倒くさくなって、力任せに左右に開く。ボタンが千切れて飛んだが、どうでもいい。

やっとジェフリーの素肌に触れられる。露わになった胸には髪とおなじ色の体毛が生えていた。春輝にはそんなものないので男らしくて羨ましい。感激の唸り声を漏らしながら顔を埋めた。大好きな体臭が濃い。頭の芯がくらくらするような酩酊感に浸っていたら、ジェフリーの腹の筋肉がふくふくと動いた。声をたててジェフリーが笑ったのだ。

『まったく、なんてやんちゃな恋人なんだろう、君って人は』

膝裏に腕を通されたかと思ったら、ひょいと横抱きにされた。いくら華奢とはいえ、これでも身長は百七十センチある成人男性だ。体重だって五十キロ以上はある。それなのに軽々とお姫様抱っこをされてしまい、春輝はムカついた。

『降ろせよ、俺をバカにしているのか。女扱いするな』

『これのどこが女扱い？　私はただ愛しい恋人をベッドルームに運んでいるだけだ』

『えっ、あ……』

降ろされたのは馬鹿デカいベッドの上だった。いつかのベッドとおなじくらいの大きさだろうか。春輝なら五人は寝られそうだ。

　スーツの上着すら脱いでいないのにワイシャツのボタンが千切れて胸がはだけているジェフリーが、春輝の上に覆い被さってくる。迫ってくる顔がカッコよくて見惚れた。軽く舌を絡ませるキスをしてから、ジェフリーが春輝の服を脱がしにかかる。上着は最初から着ておらず、ノーネクタイだったので剥ぎ取られるのは早い。

『あ、ちょっ…！』

　抗議する間もなくベルトを抜き取られ、下半身も裸にされた。半勃ちのものがジェフリーの目に晒され、きゃーっとばかりに両手で隠す。

『どうして隠す？　私にすべて見せてくれ』

『嫌だよ、恥ずかしいっ』

『私に隠したままセックスするつもりか？』

　ジェフリーがにやりと笑った。『それも面白い』と不穏な感じで呟く。

「あっ」

　股間を覆った手の上に、ジェフリーの大きな手が重なってきた。春輝の手ごとグニッと揉まれて仰天する。性器に直接触れているのは自分の手なのに、刺激を与えてくるのはジェフリーなのだ。グニグニと揉まれて気持ちいい。それがまた恥ずかしくて、春輝は『嫌だ』と訴えた。

『どうして？　本気で嫌だと思っているのか？　ほら、もうすぐ可愛らしい先端が手からはみ出しそうだぞ』

ジェフリーが言う通り、半勃ちが完勃ちになりつつあり、手から先っぽが出そうになっている。ジェフリーがもう片方の手で、先っぽをぬるりと撫でた。強烈な快感に腰が跳ねる。

「あ、あ、やだ、やだ、見るなよぅ」

先走りの液があとからあとから溢れてくる。それを塗り広げるように弄られて、また腰が跳ねた。まるでもっと触ってとねだっているように突き出してしまい、羞恥が増していく。

『きれいな色をしている。君はこんなところまで可愛いんだね』

『可愛くないっ』

男に股間を弄られながら可愛いと言われて喜ぶ男がいるか。

女の子とセックスしたときとはまったく勝手がちがう。こんなに恥ずかしく感じたのははじめてで、春輝は涙目になった。

『ああ、ハルキ、そんな顔をするものじゃない。私をケダモノに堕とすつもりか』

「ちょっとなに言ってんのかわかんないんだけどっ」

『すまないが英語でしゃべってくれ。私も君がなにを言っているのかわからない』

「意味わからないの意味がちがーう」

『ハルキ、もうすこしムードを大切にしようか』

日本語がわからなくとも春輝が場にそぐわない発言をしているのは察したらしい。ジェフリーが春輝の口を塞ぎに来た。重なってきた唇に声を封じられ、いやらしく舌で口腔を嬲られながら股間を揉まれる。あっちもこっちも気持ちよくて、春輝は混乱した。声が出せないぶんなのか、涙が溢れた。

（もういく、もうダメ、こんなんでいくのやだってば！）

喉の奥で呻きながら、我慢できずに春輝は自分の手の中に射精した。その瞬間、頭が真っ白になった。これは自慰なのかなんなのか、わからない。でもいままでの射精で一番気持ちよかったのは確かだ。

喘ぎながらぐすっと洟を啜り、上になっているジェフリーを恨めしげに見上げる。乱れた呼吸が整ってくると、取り乱してしまったのが猛烈に恥ずかしい。

『……酷いよ、やだって言ったのに』

口を尖らせて文句を言った。

『あんたとはじめての夜なのに、一回目がコレって残念な思い出になっちゃうだろ』

この汚れた手をどうすればいいのか。春輝はなにか拭くものを目で探し、仕方なくベッドの隅に放られていたワイシャツを使った。明日はどうせ土曜日だし、ホテルのクリーニングサービスを使えばきれいにしてくれる。

『そっちは経験豊富なんだろうけど、俺は男と寝るのははじめてなんだ。もうちょっと気を遣って優しくしてくれても――』

『ハルキ、可愛い……』

ジェフリーの目が尋常でないくらいにギラギラしていることに気づいた。

『演技ではなく、本気で泣きながら射精した子ははじめてだ。とても、とても感動した。気持ちよかったんだな？　我慢しようとしたができなかったわけだ。ハルキ、もう一度見せてくれ』

『は？』

『君の泣き顔は最高に可愛い。私はもう――』

もう、なんだというのか。ジェフリーがおもむろに服を脱ぎはじめた。理想的なプロポーションが現れる。浅黒い肌の下には過剰ではない実用的な筋肉がついていて、カッコいい。ほどよい濃さの体毛は臍（へそ）から股間へと繋がっていた。

（えっ……）

男らしい濃い茂みから突き出た性器を見て、春輝は唖然とした。自分の股間についているものとおなじ器官とは思えないほど、サイズのちがうものが生えていたのだ。

『ハルキ、私ももう破裂しそうなほど高ぶっている』

身を屈めてきたジェフリーが、その立派な屹立（きつりつ）を春輝の股間に重ねてきた。ずしっと重い。

ジェフリーが腰を動かした。性器が擦れ合い、なんともいえない快感が湧き起こる。いったん萎えていた春輝のものがすぐに力を取り戻した。二人分の先走りで股間がびしょ濡れになる。

ジェフリーの大きな手が二本の性器をまとめて握った。

『ああ、ハルキ、ハルキ』

「ジェフ、あっ、いい、これ」

気持ちよくて陶然(とうぜん)とする。ジェフリーに促されて春輝も性器を弄った。好きな男が快楽に顔を歪めるのが楽しい。二人はほぼ同時に達した。ジェフリーが放つ体液は大量で、生命力の強さを感じた。

立て続けに二度も射精したのははじめてだ。春輝はぐったりと四肢を広げてこのまま眠ってしまいたいくらいに疲労していたが、さっき手を拭いたワイシャツをたぐり寄せて腹に散った体液を拭った。

『ハルキ……』

抱きしめてくるジェフリーの熱はまだ冷めておらず、萎えていない一物をぐいぐいと太腿あたりに押しつけてくる。顔中にキスの雨を受けた。十回に一回くらいは春輝からキスを返す。

こんなふうにイチャイチャしている時間は心地いい。でもひとつ、確認しておかなければならないことがあった。

『……これで終わりじゃないよな？』

『夜はまだはじまったばかりだ』

だよね、と春輝は苦笑いする。

『ジェフって、男とセックスするときは挿入行為までやりたいタイプ？』

『できれば君の中に入りたい』

　真面目な顔で頷かれ、春輝は諦めのため息をついた。そういう役割分担になるだろうなと予想はしていた。だがジェフリーの性器のサイズを考えると、事前準備が大変そうだ。

　春輝が、どうしても未知の体験は怖い、つぎに会うときまでに異物挿入の練習をしておくから、今夜は勘弁してくれ――と懇願したら、たぶんジェフリーは引き下がってくれるだろう。無理やりアナルセックスをするような男ではない。愛情があればなおさらだ。

　けれど、つぎに会う機会とはいつだろうか。

　ジェフリーがかなり無理をして日本に来てくれたのは、聞かなくてもわかる。体を繋げてひとつになりたい、なってみたいという願望は、春輝にだってあった。

『ジェフ、俺、はじめてだからさ』

『そのようだな』

『準備のやり方、教えてくれないか』

　滲むように笑ったあと、ジェフリーは『ありがとう』とキスをしてきた。

『では、バスルームに行こうか』

　手を引かれてベッドを下り、バスルームへ向かう。そこで大変な経験をするわけだが、その直後にもっと大変な経験をした春輝は、いろいろな意味でこの夜のことを一生忘れないだろうと、のちに拓磨に語ったのだった。

後ろの窄まりをアメニティのボディローションでぐしょぐしょに濡らされて、指が四本も入るようになったころには、春輝は息も絶え絶えになっていた。

馬鹿デカいベッドに横たわり限界近くまで両足を広げているというポーズが、恥ずかしいと思う余裕なんてもうとうになくなった。

夕食を取っていないうえにバスルームで『準備』の手解きを受けた春輝の腹はぺちゃんこに薄くなっていて、そこに自身が吐いた白濁が溜まっている。ジェフリーの巧みな指使いに何度もいかされた結果だった。

「もう、もう無理、もう勘弁してくれよぅ」

『ハルキ、ほら、指が四本も入っている。君には才能がある。大丈夫だ』

「才能なんていらないってばぁ」

全身にびっしょりと汗をかき、泣きながら弱音を吐く春輝を、ジェフリーはずっと励まし続けていた。春輝は指を挿入されたころから日本語に切り替わってしまっている。ジェフリーの英語は聞き取れても、冷静に文法を組み立てて口から発することができないでいた。

日本語はわからなくとも、ジェフリーはだいたいの意味を察して、春輝を宥めたり褒めたりして諦めない。へとへとに疲れている春輝は、朦朧としながらも実際に性器を挿入するまでこれは終わらないんだなと理解した。

「ジェフ、もう入れてくれ。お願い、入れて、終わりにして」

勃起状態のまま放置されているかわいそうなジェフリーの性器を、春輝は手探りで握った。最初に見たときはびっくりしたサイズだが、もうそれほど怖くない。ジェフリーの指が四本も入ったのだから、きっと大丈夫だろう。

『ハルキ、できるだけゆっくりするから、リラックスして』

後ろから指が抜かれた。見て確かめなくとも、開かれたそこが閉じる力をなくしてぽかりと空洞になっているのがわかる。両足の間にジェフリーが腰を入れ、開いたままの窄まりに剛直をあてがった。

ああこれでやっと終わる――と思って安堵したのは、完全に間違いだった。

指四本よりも太くて、長くて、焼けるように熱いものがずるずると奥まで挿入される。ジェフリーは一気に入れることはなく、言葉通りにゆっくりと入れたり出したりを繰り返して春輝を揺さぶって悶えさせた。

「あっ、やあっ、そこやめ……！」

指で探り当てられてさんざんに弄られていた前立腺を、性器の先端でぐりぐりと押し潰される。

もう一滴も出ないくらい搾り取られたのに性器は勃起して、虚しく揺れた。気持ちよすぎて頭がおかしくなりそうで、春輝はまた泣いた。

『ああ、ハルキ、泣くな……泣かないでくれ……たまらない』

「ああっ！」

ぐっと根元まで押しこまれた瞬間、意識が飛んだ。ずるりと引き出される快感に、目が覚める。いった感覚だけがあって、性器からはとろりと一筋の白濁がこぼれただけだった。

『素晴らしい、ハルキ。はじめてのアナルセックスでドライオーガズムに達するなんて！』

「えっ？　ドライ？　ちょっ、待て、待てって」

『ハルキ、愛している』

「あ、あ、あ、んっ、あっ」

興奮したジェフリーに激しく揺さぶられて、舌を噛みそうになる。言いたいことはたくさんあったが、愛の囁きと覚えたばかりの快感に思考能力を奪われて、すぐにどうでもよくなった。好きな男と体を繋げることができた喜びに夢中になる。股間節が痛むのも、空腹すぎて目眩がするのも、些細なことだ。

「ジェフ、好き、好き」

ジェフリーの首にしがみついて引き寄せ、キスをする。舌を絡ませながら奥を突かれると、脳が痺れるほど感じた。きゅうっと反射的に体内のジェフリーを締めつけてしまう。耳元でジェフリーが官能の呻き声を漏らすと喜びに満たされた。

ジェフリーが不意に動きを止めて腰を震わせる。体の奥が濡らされた感じがした。自分の体で絶頂に達してくれたのだ。

嬉しくて、幸せで、春輝は微笑みながら、懲りずに涙を滲ませた。

『……ハルキ……だから泣くなと言っているのに……』

気怠げなまなざしで苦笑いし、ジェフリーがもう何十回目か何百回目かになるキスをしてきた。そしてゆっくりと性器を抜いてくれる。力が入らない四肢を投げ出した春輝を横臥させ、ジェフリーは背中にくっつくようにして横たわった。背後から抱きしめられ、耳朶や首筋にキスされる。ジェフリーはつくづくキスが好きなようだ。春輝も嫌いではないから止めることはない。ぼんやりと、いま何時だろうと思った。

このスイートルームに入ってからどのくらいの時間がたったのか、わからない。こんなに一回のセックスに時間をかけたことはない。バスルームでの『準備』も入れると、もう零時を過ぎているのではないだろうか。

(腹が減った……。そんで、もう寝たい……)

春輝の体力はとうに限界を超えていたし、性欲は満たされた。けれど臀部にぐいぐいと当てられている固くて熱いものは、間違いなくジェフリーの性器だろう。不穏すぎる。

このまま動かずに刺激しないようにしたいところだが、シャワーを浴びたい。全身が汗と精液でべたべたしているし、中出しされているので洗った方がいいという知識はあった。

あれこれと考えているうちに寝落ち寸前までいった春輝を起こしたのは、乳首への刺激だった。後ろから腹に回されていたジェフリーの手が動き、いつの間にか乳首を弄っていたのだ。

『……ジェフ、なにしてんの？』

言葉では答えずに首筋をチュッと吸ってくる。両方の乳首を指で捏ねられたり擦られたりしているうちに、全身がもぞもぞしてきた。じっとしていられなくて身動いだら、ジェフリーの勃起を刺激してしまったらしい。尻の谷間に擦りつけるようにしてきた。中出しされた体液がこぼれ出てきていたらしく、ぬるぬると滑らかに動く。緩んで敏感になったままのそこが、勝手に開いてしまうのを感じた。

「あ、なんで、いいって言ってないっ」

ぬくり、と押し入ってきた。自分でも信じられないほどの滑らかさで、奥まで挿入される。そのままの体勢で二回目のアナルセックスがはじまってしまった。才能があった自分の体が恨めしい。ぬくぬくと出し入れされて、気持ちよくてたまらない。春輝の性器は萎えたままだ。それでも後ろで得る快感はしっかりとあって、もっととせがむように尻を突き出してしまう。

『ああ、ハルキ、素晴らしい……』

ジェフリーは果然張り切って、それから何度も挑んできた。何度も中出しをされ、腹がうっすらと膨れるほどになった。喘ぎすぎて喉が嗄れ、ガラガラ声になった春輝に謝罪しながらジェフリーは水を飲ませてくれた。ただし口移しで。

とうとう意識を失った春輝を、ジェフリーはバスルームで洗ってくれたらしい。後ろに指を入れられて体液をかき出されたようで、「嫌だ」と泣いて抗議したのはうっすらと覚えている。

ふと目が覚めたとき、春輝はふかふかのバスローブにくるまれ、ジェフリーにくっついてベッドの上にいた。セックスしたメインのベッドルームとはちがうらしく、清潔なシーツの感触にホッとする。スイートルームにはいくつかベッドがあったから、そのうちのひとつだろう。ジェフリーはぐっすりと寝入っている。規則正しく動いている胸を確認したあと、春輝は目を閉じた。

肩を揺さぶられて、春輝は深い眠りから強制的に起こされた。

『ハルキ、起きてくれないか』

うーんと唸りながら目を開ける。異様に目がしょぼしょぼするのはどうしてだ。ベッドがぎしりと揺れ、頬にチュッとキスをされて覚醒した。

『ジェフ…』

『おはよう』

カッコよすぎる笑顔がそこにあった。窓のカーテンが半分ほど開けられて、陽光が差しこんでいる。日の高さから昼近い時間だとわかった。

飛び起きようとして、体が思うように動かないことにギョッとした。全身の関節がギシギシと軋むようだ。

『ハルキ、どこか痛むか？』

聞かれて、昨夜、はじめて男に抱かれたことを思い出す。目の前にいるこの男に、さんざんな行為をされたのだ。いつ終わったのか定かではない。

おそるおそる尻を意識してみたが、違和感が残ってはいるものの痛みはなかった。初心者にしては無茶な使い方をしたのに、傷がないなんて――これも才能のひとつだろうか。

『大丈夫みたい』

『そうか、よかった』

微笑んだジェフリーが、すでにワイシャツとネクタイを着用していることに気付いた。春輝の顔色が変わったのがわかったのだろう、ジェフリーが『すまない』と悲しそうな目をする。

『私はそろそろ空港に向かわなければならない』

たった一泊の滞在予定だったのか――と、愕然とした。

『ハルキ、極上の夜だった。ありがとう』

『つ、つぎは、いつ？　いつ会える？』

『わからない』

予想できていた答えなのに春輝は傷ついた。涙目になった春輝に、ジェフリーが慌てたように『絶対にまた来るから』と言ってくれた。

『君にこれを渡しておく』

差し出されたのは、一枚のカードだった。このホテルの名前が印刷されている。

『カードキー？』

『この部屋を年間契約した。君にカードキーを一枚渡しておく。私が日本に来られたときは、ここで会おう。次回からサプライズはしない。事前に連絡する。君はここで待っていてくれ。いいか？』

うん、と大きく頷いてカードキーを受け取った。指が震えそうになるのを、ぎゅっと握ってこらえる。

『それと、君に頼みがある。早急にパスポートを取得してくれ。長期休みが取れたときは、君が私に会いに来てくれないか』

『わかった。それは俺も考えていたからすぐに手続きする』

『ハルキ……』

抱きしめ合ってキスをして、ジェフリーのぬくもりを体に記憶させた。泣きたくないのに、昨日から涙腺が壊れているのか、どうしても涙が滲んできて困る。

『ああ、ハルキ、泣かないでくれ。私はどうやら君の泣き顔に弱いようだ。こんなふうに泣かれると連れて帰りたくなるし、ベッドの上で泣かれると高ぶってしまう』

『変態』

『君限定の変態ならいいだろう?』

開き直ったジェフリーの笑顔がまた愛しくて切なくて、春輝はぐすっと洟を啜る。

『ハルキ、将来の話として、頭の片隅にとどめておいてほしいんだが……』

『なに?』

『いずれ、私の国に移住する気はないか?』

驚いて目を丸くした春輝に、ジェフリーがまたキスをする。

『俺が? アルカン王国に?』

『そうすればいつでも会える。来てくれるなら、私は全力で君を守るよ』

さらりと簡単なことのようにそう言ったジェフリーだが、その青い瞳には確固たる強い意志が感じられた。

『だが君には日本での仕事があり、家族がいる。大切に守ってきたカタヤマ流もある。無理にとは言わない。それにすぐにどうこうという話でもない。私は君に本気だ。なかなか会えないからといって、そう簡単に心変わりしないと誓える。頭の隅に、そういう選択もあるということを、置いておいてほしい』

春輝は日本から出たことがない。だからジェフリーに会うためにパスポートを取ろうと思うことすら一大決心だった。そんな自分が海外移住――。思いもかけなかった選択肢を提示されて、動揺せずにはいられない。

『ジェフ、俺……いきなり言われても……』

『だから、いますぐ答えを求めているわけではない。近いうちに遠距離恋愛なんてもう面倒くさい、疲れたと君が逃げ出す可能性もあるだろう？　私たちの関係が長く続いた場合の、将来の話だ』

『俺は逃げ出さないよ』

ムッとして唇を尖らせると、そこにまたキスをしてくる。甘いキスだ。

唇を離したタイミングで、ぐぅぅと春輝の腹が盛大に鳴った。昨日の昼から水以外なにも口に入れていないのだ。胃も腸も空っぽだった。

クスクスと笑いながら、ジェフリーがコードレスの電話機を差し出してくる。

『ルームサービスを頼みなさい。好きなだけ飲み食いしていいから』

ジェフリーが年間契約したというなら、ルームサービス代もクリーニング代もすべて支払ってくれるということだろう。

『ここに住んだ方が楽かも』

『もちろん住んでも構わない。ただしだれかを連れこんで浮気をしたらすぐバレるぞ。支配人に君を見張っておくように頼んでおくから』

『浮気なんてしないよ、もうっ』

電話機を受け取り、もう一度抱き合う。離れがたくてぐずぐずしていたら、閉めたドアが外側からノックされた。

『ジェフ、そろそろタイムリミットだ』

ロバートの声でジェフリーは春輝から離れた。

『じゃあ、また』

『うん、またね』

春輝はベッドの上から見送った。精一杯の笑顔を作って。

ロバートがジェフを急かす声がしだいに遠ざかっていき、やがてなにも聞こえなくなった。

春輝はしばらく泣いた。情熱的な夜を過ごした翌朝に、もう別離なんて信じられない。

抱かれているあいだが幸せすぎた。あんなふうに愛されたのははじめてで、何度かやりすぎだと抗議はしたけれど、気持ちよかったことの方が多くて二度と抱かれたくないとは思わない。なんなら腹ごしらえしたあとに、一戦交えてもよかった。

ひとしきり泣いたあと、春輝はフロントに電話をかけてルームサービスを頼んだ。空腹すぎて死にそうだ。

「えーっと、パンケーキってありますか？　一皿二枚？　ならそれを三皿と、ハムエッグを二皿、牛乳を一リットル、それからえーとバナナを一房、林檎(りんご)を三個……」

思いつくままに注文して、ついでにクリーニングサービスも依頼しておく。

よいしょとベッドを下りて歩いてみた。股関節がやっぱり痛いが、今日一日ここで体を休めれば回復するていどだろう。ジェフリーがベテランでよかったと感謝するべきだろうか。

バスローブは寝乱れてはだけていた。見下ろした体には無数のキスマークが散っている。ジェフリーがどんなふうにこの体を愛してくれたのか思い出すと、また泣きそうになってしまうので考えないようにした。

脱ぎ散らかしたままになっていたスーツとワイシャツをかき集め、ランドリーバッグにまとめる。リビングのソファに座り、高層階からの眺めをぼんやりと目に映した。

「ジェフ……」

名前を呟くだけで喉が詰まったように苦しくなる。抱かれると、これほどまでに愛が深まるものなのか。月曜日に半休を取って、パスポートの申請に行こうと決めた。

ピンポーンとインターホンが鳴った。ルームサービスが届いたのだろう。

「よし、食べよう。腹が減っているからダメなんだ」

春輝は気分を切り替えて、えいっと立ち上がった。

おわり

あとがき

こんにちは、またははじめまして、名倉和希です。

ダリア文庫で完全新作はとってもひさしぶりだと思います。「王弟殿下の甘い執心」を手に取ってくださって、ありがとうございます。ファンタジーっぽいタイトルですが、現代モノでございます。

今作の攻め・ジェフは、身分と財産、そしてルックスからしたら立派なスパダリなのですが、あれれ？　そこは名倉和希の書く話なので、やっぱり途中からあやしくなっていきました。でも危機に直面したら愛する人を守る、芯の強い男でしたね。

ジェフは兄たちとうまくやっていけそうな感じになったので、これからは真面目に仕事をするでしょう。三十六歳になって、やっとモラトリアム卒業。よかったね！

受け・春輝は、ごく普通の青年です。出生に事情はありますが、父親にはきちんと愛されたし、教育も受けました。片山流の中に居場所もあります。ただささやかな反抗心の表れとして、タバコを吸っています。喫煙する受けを書いたのは、たぶんはじめてですよ。

腹違いのお兄ちゃんズは、ちょっとイジワル。長男の和雄は春輝の存在を疎ましく思っています。だから嫌がらせじみたことをします。ですが二男の貴司は春輝を弟と認識していて、気安く会話をしたり誕生日にちょっとしたものを贈ったりしています。こっちのイジワルは可愛いからこそ構いたいって感じなので、兄弟でも抱えている思いはちがいます。

今後、ジェフと春輝は超遠距離恋愛をすることになります。急いでパスポートを作ったからといって、春輝はごく普通の会社勤めですからすぐに長期休暇を取ることはできないでしょう。繁忙期を避け、同僚と段取りをして――と、準備が必要。なかなか会えなくて寂しいとき、春輝はたぶんジェフが年間契約したホテルの部屋で、こっそりと泣きながら夜景を見たり、ヤケ食いしたりしそうです。

なんとか休みを取ってアルカン王国へ行ったとしても、はじめての海外だからとジェフが気を利かせて用意した現地ガイドとすごく仲良くなっちゃって、焼き餅をやいたジェフとケンカになったり。せっかく来たのに、と春輝が怒って帰国したものだから、ジェフがプライベートジェットを飛ばして日本まで追いかけるとか。痴話ゲンカがワールドワイド……。楽しいな。妄想がはかどります。

今回のイラストは蓮川愛（はすかわあい）先生です。はじめてです。嬉しいです。いただいたイラストはどれも美しくて、もう、ヒーッと叫びました。ジェフの格好良さたるや、ただ歩いただけですれ違った老若男女が腰砕けになりそうな勢いです。春輝もちょっと生意気そうで、可愛い。うー、本になるのが楽しみで仕方がありません。お忙しい中、本当にありがとうございました。

さて、ここであらためてみなさまにお礼を。この本は八十冊目になります。デビューしてから二十三年、いつのまにか八十冊になっていました。これも読んでくださったみなさまのおかげです。ありがとうございます。

煩悩とともに生きてきた名倉和希なので、たぶんこれからも煩悩とともに生きていくのでしょう。BLって素晴らしい。スパダリはわんさかいるし、現代だろうと過去だろうと未来だろうと、異世界だろうと異種間だろうとなんだってアリなんですから。こんなに懐のデカいジャンルってあります？　もっとたくさんBLを読んでBLを書いてBLにどっぷりと浸っていきたいです。

これからもみなさんいっしょにBL沼の居心地のよさを堪能していきましょう。

それでは、またどこかで。

名倉和希

浅黒い肌に青い目、イイ…♡と
歓びに打ち震えつつ、
「やはり衣装はいっておかないと…！」と、
描かせていただきました。
楽しいお仕事、本当にありがとうございました…！
蓮川 愛

ダリア文庫

✻大好評発売中✻

初出一覧

ダリア文庫をお買い上げいただきましてありがとうございます。
この本を読んでのご意見・ご感想・ファンレターをお待ちしております。

〒170-0013 東京都豊島区東池袋3-22-17　東池袋セントラルプレイス5F
(株)フロンティアワークス　ダリア編集部
感想係、または「名倉和希先生」「蓮川 愛先生」係

この本の
アンケートは
コチラ!

http://www.fwinc.jp/daria/enq/
※アクセスの際にはパケット通信料が発生致します。

王弟殿下の甘い執心

2021年9月20日　第一刷発行

著　者
名倉和希

発行者
辻 政英

発行所
株式会社フロンティアワークス
〒170-0013 東京都豊島区東池袋3-22-17
東池袋セントラルプレイス5F
営業 TEL 03-5957-1030
編集 TEL 03-5957-1044
http://www.fwinc.jp/daria/

印刷所
中央精版印刷株式会社